流寇與創新者

—林宜敬的怪奇求學與創業生涯—

林宜敬 著

目錄

輯二　自己寫程式的老闆

輯三　大時代的台商

輯四　站衛兵的方法

推薦序

人生的 Sliding Windows

陳怡樺
（趨勢科技 CEO）

Sliding windows，是一種寫程式時常用的演算法，當有一長串的數值要比對時，可以匡出一段一段的 window，用 window 內的所有 element 來解題，例如透過每回合操作 window 內的總和，來達到解題的目的。比用暴力式的一個一個比對要快速有效率得多！

看宜敬的文章，就是像 sliding windows……一小段文章，輕快幽默的文筆，一下就點出了通篇的重點，一篇一篇的文章，看似都不同的主題，一串串浮光掠影的時間截圖，但放到一起，又能看到宜敬是以什麼樣的方式在解人生的題！

他說自己讀博士是為了讓爸爸開心，又笑稱他的博士學位值億萬元，不就比對出了，他的人生解題觀，親情比億萬財富重要得多！

他寫自己的博士論文，什麼題目論敘也沒提，只寫了一串遇過的朋友和教授以及和他們的互動或球賽，不就在解題博士學位的價值，不在論敘主題而在對人對事的處理態度？

Sliding windows，字面上又有稍縱即逝的意思，人生本有許多選擇，選了A路就永遠不會知道B路的風景和目的地是什麼樣的！宜敬這本書中的篇篇文章，其實都是他的選擇的剪影，聖誕夜去了電腦房寫程式，就永遠不知道若去了舞會是什麼樣的風光！畢業去了IBM就永遠不知道如果加入了趨勢或訊連如今會是如何（搞不好被我派去烏克蘭出差結果娶了白俄羅斯美女呢……）？

人生的sliding windows，在宜敬輕鬆的筆下一一流過，演算出來的結果，是一位博學受親人朋友喜愛的博士，沒去學校教書倒創了新創，又成了名嘴，沒去當職棒選手但教出很會打棒球也會讀書的兒子，沒轉行去當雕刻家卻有個美女畫家妻子，回家，不需要理由的宜敬，因此得以陪著父親去竹山種樹蓋住屋，親自抄寫整理父親的手稿，為那一代的台灣人留下可貴的紀錄（樂待著他的下一本書！）宜敬當然是寫程式高手，他的人生演算法，聰明睿智有効率，這本書，一翻開就會一直看下去，半個秋日下午瞬間即逝！

推薦序

猶勝包可華的林宜敬

陳耀昌
（作家、醫師）

林宜敬先生是近來崛起的網紅作家，因為他有五大特異功能。

（1）再嚴肅的議題，到他筆下，都會讓你邊看邊笑，不論老中青讀者，在快樂中相信他的結論。

（2）再複雜的問題，經過他的邏輯推演，逐條分析，都會變得「有條有理」。不是「有金條就有道理」，是「每一條都有道理」，於是拜服他的結論。

（3）他唸的是最代表二十一世紀新潮的資訊工程，又是常春藤布朗大學博士，英文之好，不在話下。他還喜歡閱讀英文「雜書」，所以能在文章中旁徵博引許多冷門知識，老中青讀者唸他的文章，會覺得自己「人文修養」的火候不知不覺中增添了三分。

（4）他本身是國際電子公司高幹，事業遍及中、日、韓。程式專家又具全球實戰經驗，自比蛋頭學者高明百倍。老中青讀者看了，恍如自己也走在時代先端。

（5）他少年得志，是人生勝利組，於是未免有些臭屁，例如「我們就這樣匆匆忙忙賺了幾億美金」。但人家確實有本錢臭屁，又臭屁得恰到好處，讓讀者可以見賢思齊，特別是可以激起青少年讀者的狂啖志氣，「有為者亦若是」！

正事談完了，來談些八卦。宜敬是名門世家，史料豐富，其實是「台灣老家族故事」，不是八卦。

宜敬有阿拉伯人血統，來自他的母系鹿港丁家。我在《島嶼DNA》中說過，台灣台西姓丁的，都是泉州來的阿拉伯人，本來叫做「阿拉丁」。

宜敬的母系「鹿港丁進士家族」更是赫赫有名，可以追溯到元朝某大官，子孫也很爭氣。一八八〇年，丁家的丁壽泉中了進士。丁壽泉就是宜敬先生媽媽的曾祖父。

我認為宜敬的兩道濃黑劍眉，就是來自他的阿拉伯DNA；可能他的體育天賦，也與他的阿拉伯血緣有關。丁家在最近幾十年，依然人才輩出，縱橫商界、影藝界，甚至醫界。我在《島之曦》文後的「時代圖集」第四四一頁，有一位丁瑞魚醫師的照片，書中也提到丁醫師的壯舉。

丁瑞魚醫師是林宜敬外祖父的哥哥，台灣總督府醫學校一九二四年畢業生。更重要的，丁醫師是「文化協會」的要角。一九二三年有名的「治警事件」，林獻堂的秘書葉榮鐘躲過日本警察的監視，騎腳踏車發了一個電報到台北給丁瑞魚。丁瑞魚那時還是醫學生，他英勇過人，冒險將這個消息輾轉傳到日本。於是日本的自由派人士得以在內地聲援台灣的文化協會民主人士。

這個故事還有一個尾巴。台大醫學院人文館有一張照片，標題是「參與文化協會的醫學校畢業生」，把「丁瑞魚」寫成「丁瑞雨」。我因為在《島之曦》中寫丁學長的故事，發現這個錯誤。台大景福校友會迅速更正了。

林宜敬還告訴我一個「經典到有些陳腐的鹿港愛情故事」，我就原文抄錄在這裡好了。

我媽媽的曾祖父丁壽泉是清朝光緒六年的進士，現在鹿港的著名觀光景點「丁進士宅」就是我媽媽他們家。丁進士生了一個兒子，從小送到彰化北斗一位林老師家的私塾上課，後來順利考上了秀才，成了丁秀才。

故老相傳，丁秀才金榜題名的那一天，他坐上了轎子，眾人抬著他在北斗鎮上遊街慶祝，最後把他抬到了林老師家裡，讓丁秀才跪在地上向林老師磕頭行謝師禮。

就在這時候，林老師的閨女從簾幕後面看到了正在磕頭的丁秀才，覺得丁秀才儀表非凡，心中暗暗喜歡，從此飯不思茶不飲，得了相思病。林老師跟他的太太察覺有異，幾次詢問閨女，閨女卻總是不說。

後來林小姐的丫鬟跟小姐說：「這件事情妳不敢說，我去跟老爺和夫人說吧，但是做這件事情的風險很高，萬一老爺跟夫人不高興，說不定會把我打死。所以妳必須答應我，如果事情成了，我要一起嫁過去，當個姨太太，而不再是丫鬟。」

小姐答應了，丫鬟真的去跟老爺和夫人說了，結果林老爺不但沒有生氣，反而覺得十分的高興又好笑，說：「這事情還不簡單，我去跟丁家講一下就好了。」

於是丁秀才真的跟林小姐結婚了，林小姐也信守承諾，帶著丫鬟一起嫁過去，丫鬟成了姨太太。

當然，丁秀才就是我的外曾祖父，林小姐就是我的外曾祖母。

以上是宜敬母系的故事。

宜敬父系，也是台灣中部地區名門。宜敬曾經給我看一本最原版的葉榮鐘著作的《台灣民族運動史》，內頁還有葉榮鐘先生的親筆及蓋章題字。（見P19圖①和②）

林惟堯先生指正

葉榮鐘　敬贈

一九七一．一二．七

林惟堯老先生不久之前九十三歲過世。一九七一年，五十一年前，林老先生四十二歲。葉榮鐘先生則是一九〇〇～一九七八年，故與林惟堯先生算得上是忘年交。

這本《台灣民族運動史》（而且是簽名書），現在價值連城，是博物館級收藏品，因為這是葉榮鐘先生晚年「述史之志」的作品（若林正丈教授語）。但是，如果我們google「葉榮鐘」，在他的作品中，沒有列出這本《台灣民族運動史》。如果我們上網購買《台灣民族運動史》，則會看到五個作者，依順序是蔡培火、陳逢源、林柏壽、吳三連、葉榮鐘（見圖③）。

這個由葉榮鐘執筆，後來卻變成五人合述，第一作者是蔡培火，「葉榮鐘」反而敬陪末座的過程，已成公案。總之，最後導致當年林獻堂兩位大將葉榮鐘與蔡培火之絕交。所以葉榮鐘送給林宜敬父親這本《台灣民族運動史》的原型（prototype）簽名書，特別珍貴，是考證內情的寶貴資料。

總之，宜敬就是如此好命。父母雙方都是書香世家，本人則是電子新貴，兼又長相俊拔，頭腦清晰，性格風趣，文字別具風格。印刻眼明手快，

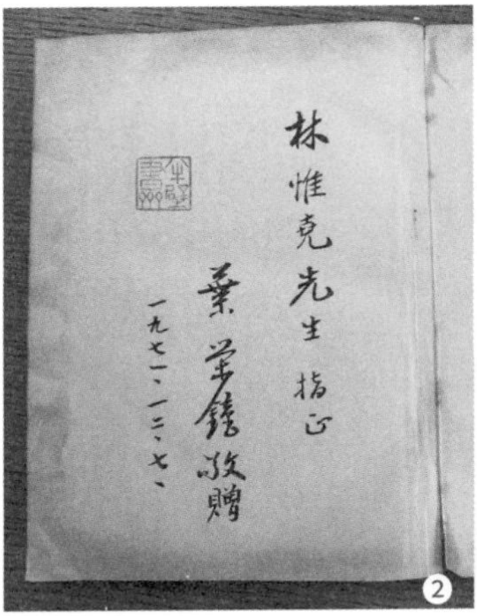
林惟克先生 指正
葉榮鐘 敬贈
一九七一、一二、七、

台灣民族運動史
自立晚報叢書

自立晚報叢書
台灣民族運動史

馬上邀請他寫專欄，火速集結出版。我覺得「林宜敬專欄」猶勝「包可華專欄」，因為包可華只會談政治，比不上林宜敬有五大特異功能！

自序

其實這本書的出版，應該算是一場意外。雖然我的母親嶺月是個有名的作家，而我最要好的朋友羅葉也是個有名的詩人，但我從小就討厭寫作文，從小就覺得寫作這件事跟我無關。因為我的志向明確，我想要成為一個科學家，而不是一個文學家；我喜歡寫程式，但是不喜歡寫作文。而雖然我的好朋友們大半是書生，但是我非常喜歡運動，所以我總是跟他們說，他們是文青，而我是武青。

在我讀高中、大學的時候，羅葉經常來我家找我，他會跟我的母親聊文學、聊寫作，他們說他們是文友，而我經常插不上話，讓我覺得被他們兩人排擠。

有一次，我在學校跟羅葉吵架，吵得還蠻嚴重的。但是當我放學回到家裡的時候，赫然發現羅葉就坐在我家客廳的沙發上。

我問羅葉：「我們不是在吵架嗎？你怎麼又來找我？」

羅葉回我說：「我不是來找你。我來找你媽媽，不行喔？」

當場弄得我哭笑不得。

後來我的母親在一九九八年過世了，羅葉也在二〇一〇年過世了。我非常地傷心，分別寫了文章紀念他們，而其中紀念羅葉的那篇文章不但被登在文學雜誌上，而且還受到了不少好評。於是我開始懷疑，也許我也能寫。又或者，我已經被羅葉附身了？

然後過了幾年，我開的軟體公司營運逐步上了軌道，我聽從一些創業前輩們的建議，每天都早早地到辦公室去，交代各部門的主管當天要做的事情，然後等到每天傍晚的時候，再去問部門的主管們是否已經完成了當天要做的工作。

而在中間的那段時間，我就盡量躲在我的辦公室裡，不要出來打擾員工。因為有能力的員工在工作的時候，不會喜歡老闆在旁邊探頭探腦的。而也只有放手讓各個部門的主管們做事，他們才能不斷地成長。

我白天躲在我的辦公室裡，悶得發慌，但是又不放心走遠。我怕幹部們臨時有什麼重要的事情找不到我，於是就開始在臉書上寫文章，寫一些我從小到大經歷過的，各種稀奇古怪的故事。

然後寫著寫著，居然有不少朋友說，他們喜歡我說故事的方式，然後居然有網路媒體轉載我的文章，然後居然有幾萬人在追蹤我的臉書，然後居然有出版社要把我的文章集結成書出版。

我很確定，我一定是被羅葉附身了。

所以這本書的出版，完全是一場意外，完全不在我的人生規劃之內。

不過話又說回來，就如同我在這本書當中所寫的那些故事一樣，生命總是充滿驚奇。我這輩子遇到的一些怪事，好像也都不在我的人生規劃之內，不是嗎？

輯一
耶誕夜的真愛

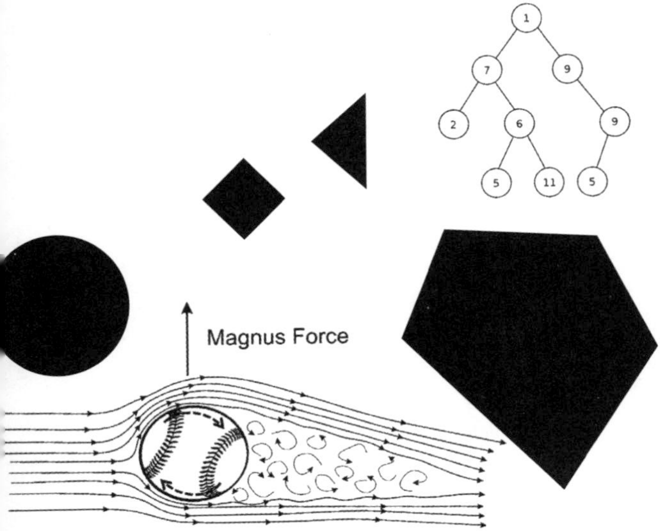

You Just Ask

理查・費因曼是一位偉大的物理學家，他參與過曼哈頓計畫，造過原子彈，得過諾貝爾獎，也是我最崇拜人之一。他曾經寫過一篇叫做「You Just Ask Them?」（你就直接問她們？）的文章，吹噓他年輕時把妹的功力。

費因曼先生在那篇文章中說道，他在一九四〇年代後期，在美國新墨西哥州的沙漠中得到一名高人的傳授，從而得知，如果他在酒吧中看到一個喜歡的女子，只要直接問她：「你今天晚上要不要跟我一起回去？」然後那個女孩子就會真的跟他回去。

我是在大學時代讀到那篇文章的，而這既然是諾貝爾物理學獎得主說過的話，我當然謹記在心。

後來在一九九〇年代，我到美國布朗大學計算機科學系讀博士。那時候我在系上認識了一位小我八歲的P學弟，他是一位台灣來的小留學生，長得很帥，又是運動健將，但他終究是年幼，什麼都不懂。所以他第一次到酒吧喝酒是我帶他去的，他第一次抽的菸也是我帶他去便利商店買的，而他遇到功課或是人生的問題，也都會跑來問我。

有一次P學弟問我，到底要如何在Pub裡面把妹？我裝作一副很有經驗的樣子告訴他：「Oh, you just ask，你只要直接問她要不要跟你回去就好了。」

時光飛逝，幾年之後我拿到了博士學位，在紐約州的IBM華生研究中心找到一份工作，自己住在森林裡的一棟大房子裡，而P學弟也大學畢業了，成了一名布朗大學的碩士班研究生。

有一個週日的上午，我突然接到P學弟的電話。他說他前一個晚上去參加一個朋友家開的派對，遇到一個非常漂亮的法國女研究生。他們一起跳舞的時候，剛好在放一首法語的舞曲，P學弟聽不懂法語，所以就用英語問那個女孩子，那首歌到底在唱什麼？

由於音樂聲很大，所以那個法國女生就把嘴巴貼在他的耳朵旁邊跟他說：「你想跟我睡覺嗎？」（Do you want to sleep with me?）

P學弟以為他聽錯了，所以又問了一次。結果法國女孩在又在他的耳朵旁邊很大聲的說了一次：「你想跟我睡覺嗎？」（DO YOU WANT TO SLEEP WITH ME?）

P學弟說，當時他覺得很好笑，而且他已經喝得很醉了，所以什麼事都沒做，跳完舞就自己回家了。他覺得很後悔。

我聽了之後一直笑，也順便罵了他兩句，叫他不如去死算了。

P學弟在電話裡接著又說，幸好，他在跟那位法國女孩子聊天的過程中得知，女孩子在週末的時候經常會去布朗大學的研究生酒吧（Graduate Center Bar）喝酒，所以他接下來每個週末都要到那個酒吧等那個法國女孩，看她會不會出現？

P學弟接著問我：「中文好像有一個成語，是在一棵樹下等一隻兔子之類的，是嗎？」

我說：「守株待兔？」

P說：「對！就是守株待兔！我以後每個週末都要去研究生酒吧等那隻兔子。」

然後在接下來的幾個禮拜的時間裡，我經常會接到P學弟的電話。他總是很失望的跟我說，他前一晚去了研究生酒吧，但是沒有等到那隻兔子。

兩三個月後，終於在某一個週日的上午，我又接到了P學弟的電話。

他很興奮的跟我說，他前一天晚上去研究生酒吧，這次終於等到了那隻兔子。

「然後呢？」我很興奮的問。

「然後我就過去找她聊天喝酒，我們聊得很高興。然後我就問她、要不要跟我一起回去？」P學弟說。

「哇！然後呢？」

「然後她說好，我就開車載她回家。回家之後，我不知道要做什麼才好，所以就問她要不要一起看電視？她說好，然後我們就一起看電視。」

「然後呢？」我很急切的問。

「然後我們看完電視之後，我還是不曉得要做什麼，所以我就問她要不要睡覺？她說好，然後我們就去睡覺了。」

「然後呢？」我問的更是急切了。

「然後我們就蓋著棉被睡覺了，我們什麼事都沒有做。」

「啊?!然後呢？」

「然後我們今天早上醒來，一起吃早餐之後，我問她是不是要回家了？她說好，然後我就開車送她回家了。」

「靠！然後呢？」

「然後我回來之後就打電話給你啊。大哥，我好後悔喔！」

我聽了之後一直笑，笑完之後才有力氣跟他說：「我看你還是去死吧！」

各位朋友看到這裡，如果覺得這個故事很好笑、很離奇的話，那你一定是一個很邪惡的人。

因為費因曼在他的文章中，從頭到尾都沒有說帶了女孩子回家要幹什麼。而我當初在教P學弟把妹的時候，也沒有告訴他，帶了女孩子回家究竟要幹什麼啊？

耶誕夜的真愛

一九八六年的耶誕節，我在台大資訊工程系讀大四，那個學期我修了一門「計算機編譯程式」（Compiler）的課，期末作業是用C語言寫一個縮減版的 Pascal 語言編譯程式。

當時我非常的興奮，因為那是我第一次寫那麼大的程式，而且對我來說，編譯程式是一種很神聖又很神奇的東西。我有空的時候就去寫那個程式，到了耶誕節的時候，學期已經接近尾聲，而我已經完成了 Lexical Analyzer、Parser、Symbol Table，以及 Code Generation 等模組，還差的就只有最後的整合而已。

在那個年代，台灣在耶誕節都會以「行憲紀念日」的名義放假，而對我來說，那就是多了一個可以不用上課，專心寫程式的日子。

所以在耶誕夜的晚上，我在家裡一吃完晚飯，就跟我的爸爸媽媽說，我要回學校去寫程式。我從忠孝東路三段的家裡騎腳踏車到台大在辛亥路的後門，快到系館的時候，遇到兩個文學院的女生。

那兩位女生我剛好認識，因為我們以前曾經一起出去玩過，她們兩人都長得蠻漂亮的，兩人都被我們班上的男生追過，但是好像都沒有被追上手。

我問她們，她們跑到我們資訊系系館來做什麼？

她們說：「我們是來參加耶誕舞會的，你不是嗎？」

我說：「我不知道有舞會耶，我是來寫程式的。」

我停好腳踏車，陪她們一起走到系館的門口，果然系館門口經過了一番布置，還有一張海報寫著耶誕舞會的時間跟地點，而系館通往地下室的樓梯間隱約地傳出轟隆隆的音樂聲，並反射出五彩的光點。我跟兩位女生聊了一陣子，然後她們去地下室跳舞，而我就上二樓到實驗室裡去寫程式了。

到了晚上八點多，兩位女生突然出現在實驗室的門口，她們說，她們找了一陣子才找到我，因為舞會不好玩，她們想看看我在做什麼？於是我又跟她們聊了一陣子，但是我聊得心不在焉，心中一直在想我的程式，我很想盡快搞定最後的整合工作。

於是我心生一計，找了一個國外別人用 SNOBOL4 程式語言寫的程式給她們玩，那是一個早期的人工智慧程式，它可以偽裝成一個心理醫師，透過螢幕與鍵盤跟人對談，但其實都是瞎扯而已。那個程式會問使用者有什麼心理問題？而如果使用者真的回答了，那個程式就會從回答中挑出一兩個關鍵字，不斷追問。而如果使用者停止打字，那個程式還會說：「Please go on, I am listening.」（請繼續說，我正在聽）之類的。

兩位女生居然跟那個程式聊得很開心，而我也得以繼續專心寫我的程式。直到三、四十分鐘後，她們玩膩了，又再度問我要不要去地下室跳舞。

我跟她們說，我不喜歡跳舞，而且我想要搞定我的程式。然後她們兩人就離開了。

於是我就繼續專心寫我的程式，等到我的工作告一個段落，程式終於可以跑起來的時候，我一看手錶，居然已經過了午夜。

我匆匆忙忙的收拾了東西，關了實驗室的燈，鎖上了門。經過系館一樓大廳的時候，大廳安安靜靜的，很顯然的，地下室的舞會早已結束，人群早已散去。

而由於學校的後門早就關了，公車也早就停駛了，所以我就騎著腳踏車，繞道從台大的大門口離開學校，朝著忠孝東路三段我家的方向前進，經過新生南路的時候，路上一輛車子都沒有，但是教堂裡的望彌撒活動剛剛結束，慶祝耶誕夜的人群湧了出來，他們一邊唱歌，一邊高聲談話，占據了整個快車道跟慢車道，顯得非常歡樂。

而我則是繼續騎我的腳踏車，覺得那一切好像跟我都沒有什麼關係。我記得那天晚上很冷，路燈昏暗，天上可以看到不少的星星，而我的雙手凍得發麻，但是心中非常的興奮，因為我終於搞定了我人生中的第一個編譯器程式。

在我們那個年代，常有人說「戀愛學分」是大學的必修課。如果要那麼說的話，那我的戀愛學分應該是零分，因為我連個女朋友都沒有。

但是我在讀大學的時候找到了我的真愛，我的真愛就是寫程式。

我最近看到一個故事，說比爾．蓋茲在讀中學的時候，經常在晚上就寢時間之後偷偷的溜出家門，跑到附近的西雅圖華盛頓大學裡寫程式，一直到天將黎明前才再溜回家裡，而他的父母一直不知道。我當然沒有比爾．蓋茲偉大，跟他差遠了，但是我們心中的工程師魂，應該是一樣的吧？

瑞典人思凡

一九八九年我到美國布朗大學，進入電腦科學系的博士班就讀。當時我跟一位瑞典人思凡（Sven）共用一個辦公室，我們很快的就成為好朋友，一起上課、一起喝啤酒、一起參加各種系上的活動。

思凡的理論基礎很好，也很會寫程式，所以他在第一個學期的成績很好。但是第一個學期結束之後的寒假，他到加州找他的瑞典朋友玩了一趟，回來之後整個人就變了。

他說他對藝術很有興趣，他想開拓他的人生視野，所以他第二個學期選了三門課，第一門是他的指導教授湯馬西亞（Prof. Roberto Tamassia）所開的電腦圖學（Computational Geography），第二門課是大學部的藝術入門，第三門課是演講術（Public Speaking）。

思凡上了藝術入門課之後，人生變得非常充實又忙碌。有一個禮拜，藝術課的老師出了一個的作業，要學生們用五十種不同的方法做出跟「蘋果」有關的藝術品。於是思凡畫了蘋果的素描、畫了蘋果的油畫、畫了蘋果的水彩畫、拍了蘋果的照片、寫了關於蘋果的詩，但是卻怎麼樣都湊不到五十件作品，覺得很苦惱。

又有一個禮拜，藝術課的老師出了一個作業，要學生們用各種方法做出以「白色」為主題的藝術品。於是思凡跟我去學校的餐廳吃飯的時候，他說他要偷餐廳裡的白色紙巾去當作業，我聽了之後跟他說：「你就拿啊，就算你多拿幾張餐巾紙，也不會有人在乎的。」

結果思凡跟我說：「不行，如果我用偷的，那就是行動藝術；如果我用拿的，那就不是藝術了。」

我雖然聽得不是很懂，但還是很配合。我幫他把風，讓他鬼鬼祟祟的拿了幾張白色餐巾紙回辦公室。

那個學期我修的課不外乎是電腦圖學、資料庫、計算理論等等，一堆無法「開拓人生視野」的課，思凡覺得那樣很不好，一直勸我把那幾門課退掉，跟他一起去修藝術入門跟演講術。

但是過了沒多久，思凡的指導教授湯馬西亞就找他去談話。一陣寒暄之後，湯馬西亞教授問他：「我們可以談談你未來的計畫嗎？我注意到你這個學期選了兩門跟電腦科學無關的課。」

思凡很誠實的跟湯馬西亞說：「我想要將來回到瑞典，當一個職業雕塑家。」

湯馬西亞教授是義大利人，他聽了思凡的回答後，大概受了不小的驚嚇，一時說不出話來。他回過神之後，跟思凡說：「由於你領的是我們系上的全額獎學金，所以我想我必須在系務會議上報告這件事。」

所以又過了沒多久，系主任薩維奇教授（Prof. John Savage）也找思凡去談話。同樣是一陣寒暄之後，系主任問思凡，他將來的計畫是什麼？

而思凡還是很堅定的說：「我將來要回到瑞典，當一個職業雕塑家。」

系主任薩維奇教授是美國人，他見過的世面應該比較廣，所以他很鎮靜，站起來跟思凡握手，很誠懇的說：「祝你好運！」（Good Luck!）

握手之後，思凡問系主任：「你們會馬上把我開除嗎？可不可以等到我修完這個學期的藝術入門跟演講術再說？」

系主任說：「我想應該沒有問題吧，反正那兩門課的學費，我們系上都已經幫你付了。」

思凡又問：「那我可以再請你幫我一件事嗎？我在回瑞典之前，想到美國的國家公園當巡邏員（Park Ranger），可以請你幫我寫一封介紹信給美國的國家公園管理處嗎？」

系主任還是很鎮靜，他說：「沒問題，但是我這輩子還不曾寫信給美國的國家公園管理處。所以，可不可以請你自己擬好草稿，然後讓我簽名？」

思凡回到我們辦公室之後，跟我報告了狀況，然後就跟我商討要如何擬介紹信的問題。而我聽了之後，從我的書架上拿出了一本中英對照的「英文書信大全」給他。他看了之後非常滿意，很快的就找到了關於介紹信的章節，剪貼出一份介紹信出來，而且他一直跟我說，瑞典應該也要出版這樣的書籍才對。

就在那一陣子，系上剛好有另外一名博士班學生內特（Nate）也決定不再讀博士了。內特是一位美籍華人，他的爸爸是台大電機系畢業的，在美國當教授；他的外祖父是黃埔軍校畢業的，曾經當過湖南省主席、中華民國駐韓國大使。所以當內特跟他的家人說，他不想再讀博士之後，他的家人大為震驚。他的爸爸、媽媽、祖父都特地從印第安納州坐飛機過來，輪流勸阻內特。陣仗之大，讓其他的美國同學們覺得非常詫異。

而相對之下，思凡的媽媽知道思凡不想再讀博士之後，則是寄了一個紙箱過來，我在系上的收發室看到，拿回辦公室給思凡。我們兩個人一同打開，發覺原來是一套森林巡邏員的衣服。很顯然的，瑞典媽媽是完全支持瑞典兒子的決定的。

於是暑假一開始，思凡就到美國科羅拉多州的洛基山國家公園去當森林巡邏員。然後一直等到暑假結束之後，他要回瑞典，才順道回東岸來看我們這些同學。

當時他整個人曬得很黑。我問他，當森林巡邏員好不好玩？他說，由於他的英文不夠好，所以國家公園管理處不讓他跟遊客們接觸，要他每天在森林裡砍柴，砍了三個多月，把他給累死了，一點都不好玩。

又過了一年左右，思凡從義大利西西里島寫信給我，說他已經移居當地，打算當一名漁夫。

又過了一陣子，思凡從瑞士寫信給我，說他在西西里島一直抓不到魚，所以就移居到瑞士，找了一份寫程式的工作。

又過了幾年，思凡從瑞典寫信給我，說他已經回到瑞典，一開始，他真的嘗試去當一個職業藝術家，但是發覺他還是沒有天分，所以他決定還是找了一個寫程式的工作。

很顯然的，思凡是非常有天分的，但是他的天分就是寫程式，而不是藝術創作。

最近我在臉書上找到了思凡，我決定在加他為好友之前，先把這些二十多年前的故事寫出來。然後我會再問他，過去這二十多年來，他又幹了些什麼好事？

彼德的寫作生涯

一九八九年我到美國布朗大學的電腦科學系讀博士，當時我最早認識的同學當中，有一位是彼德、有一位是內特。內特是個華裔美國人，父親畢業於台大電機系，而彼德來自佛蒙特州，是一個金髮碧眼的美國人。

那時候彼德擔任電腦繪圖課的助教，而授課的范・達美教授（Prof. Andy van Dam）是世界知名的學者，上課非常的嚴格，不但學生很累，而擔任助教的彼德更累，他為了準備跟批改程式作業，經常熬夜到凌晨兩三點。也因此，白天的時候，彼德經常在我們的辦公室裡打瞌睡。

後來彼德終於受不了了，他寫了一封很長的公開信給范・達美教授，抱怨他的工作太多。那封公開信在系上引起了很大的騷動，而由於那封信文情並茂、言詞剴切、動之以情、說之以理，所以范・達美教授馬上接受了彼德的建議，將他的工作量減少一半。

但是接下來的幾天，彼德還是經常熬夜，經常在我們辦公室裡打瞌睡，我們都不知道他在搞什麼？而過了幾天，有別的歐洲同學私下告訴我，那陣子在網際網路上的一個色情文學群組（News group）裡出現了一篇新小說，故事裡的主角，是一個在新英格蘭某常春藤盟校攻讀電腦科學博士的學生，大家都懷疑那是彼德寫的。

我那時候英文不好，但還是很努力的查字典，將那篇小說讀完了。果然，劇情非常的精采，文筆也非常的好。

過了幾天，內特突然在我們系上的網路群組發了一個很短的訊息：「請不要叫我麥克。」

我們看了大笑，因為就在前兩天，同一個網際網路色情文學群組中出現了一篇續集，這次男主角跟他的一位華裔同學「麥克」，在小說中大鬧常春藤盟校中的某個姊妹會（Sorority），而在故事當中，麥克天賦異稟、勇猛異常。

又過了幾天，我跟彼德以及內特去上演算法的課，授課的維特教授（Prof. Jeff Vitter）也是一位國際知名學者，平時不苟言笑，一本正經。維特教授走進教室，翻開課本，抬起頭來第一句就問：「彼德，你的寫作生涯都好嗎？」（Hi Pete, how is your writing career?）

當時我們一群知情的學生們笑翻了，我們沒想到維特教授居然也是我們的同好。而其他不知情的同學們聽得一頭霧水，完全不曉得我們在笑什麼。

這件事情接下來沉寂了好一陣子，到了一九九〇年，德國得到了世界杯足球冠軍，德國同學們興奮莫名，在系上的網路群組發了不少慶祝訊息。

而有個美國學生看了十分不滿，回他們說，足球其實是世界上最愚蠢的運動，因為人最靈活的部位是雙手，而足球是一個不准使用雙手的運動。

然後有個大學部美國學生回說：「根據科學研究，人類最靈活的部位其實不是雙手，而是舌頭。」

就在這個討論串變得非常無聊的時候，不苟言笑的維特教授突然又出現了，他回說：「那一定是彼德告訴你的吧？」

我們系上的眾師生們又笑成一團，因為我們知道，維特教授又在暗指彼德小說中的某一段情節了。

這個故事告訴我們，江湖上臥虎藏龍，人不可貌相，會寫程式的未必就不會寫小說。而學問好、望重士林、不苟言笑的教授未必就不是我輩中人。

丹尼爾與茱莉亞

有些男生長得不怎麼樣，但覺得自己很帥；相對的，也有些男生們明明長得很帥，但是卻不知道自己長得很帥，也不知道要如何交女朋友。

我的朋友丹尼爾就屬於後者。他十歲左右移民美國，在加州長大，是一個不知道自己很帥，也一直交不到女朋友的小留學生。

一九九〇年的時候，我跟丹尼爾都在布朗大學的電腦科學系讀研究所，也都住在學校的同一棟宿舍裡，是很要好的朋友。

有一天，宿舍裡的火警警報器響了，我和丹尼爾跟著所有人一起走樓梯下樓，經過二樓的時候，我們遇到一個非常漂亮的亞裔女孩子，我隨口跟她說：「Oh, not again!」意思是說，警報器怎麼又響了？

那個非常漂亮的女生也隨口跟我說了兩句話，然後就走了。丹尼爾很詫異的看著我說：「你認識她嗎？」（Do you know her?）

「對啊，那是茱莉亞。」（Yes, that's Julia.）我說。

隔天我跟丹尼爾一起去宿舍的餐廳吃晚飯，回來爬樓梯經過二樓的時候，我們發現那個美女所住的宿舍單元（Suite）門沒關，於是就決定冒險溜進去看看。

那個宿舍單元裡有五間房間，每個人的門口都貼了名字，其中一間寫著「茱莉亞」（Julia）。於是我就轉頭跟丹尼爾說：

「是的，那是她的房間。」（Yes, that's her room.）

過了幾天，丹尼爾怒氣沖沖的跑來跟我說，他在校園裡遇到那個很漂亮的女孩子，他跑去跟她說：

「嗨，茱莉亞，我是丹尼爾。我是宜敬的朋友。」（Hi Julia, I am Daniel. I am a friend of Yi-Jing's.）

結果那個女孩子說：

「我不是茱莉亞，然後誰是宜敬？」（I am not Julia. And who is Yi-Jing?）

我聽了大笑。

其實我根本就不認識那個亞裔美女，也不知道她叫什麼名字。我跟丹尼爾說她叫做「茱莉亞」，只是我隨口亂說的。

而我們隔天偷闖進那個美女的宿舍單元裡的時候，我以為我的謊言就要被拆穿了。誰曉得就那麼巧，那位亞裔美女有個室友剛好叫做「茱莉亞」，而且還把她的名字寫在門上面。

丹尼爾還真是一個很善良又很呆的帥哥。如果換成我是他，就會藉機跟那位亞裔美女攀談，一起把騙他的「Yi-Jing」臭罵一頓。然後問到她的真名，約她一起出去喝咖啡。

丹尼爾現在是矽谷某大軟體公司的高階主管，也結婚生小孩了。前幾年我在臉書上找到他，跟他談起這件有趣的往事，可是他居然完全不記得了。

感謝上帝，丹尼爾應該是原諒我了。

大哥的女人

我在美國布朗大學讀博士的時候，認識了一群大學部的亞裔學生，他們比我小七、八歲，大多是ＡＢＣ（American Born Chinese）、ＡＢＴ（American Born Taiwanese），或是小留學生。我的英文沒有他們好，但是我在台灣曾經參加過學運、打過棒球，也當過兵，每次我講起那些故事來，總是把他們唬得一愣一愣的，所以即使他們的華語不好，也都會叫我一聲「大哥」。

某個週五的晚上，我跟那群大學部的學生在學校的大餐廳裡吃飯，我跟他們說，學校南邊不遠處有一條腳踏車道，沿著海邊走，一直會通到大約十五英里之外的一座海邊公園，非常漂亮。他們聽了，都希望我這個當大哥的能帶他們去。

於是我跟他們約了隔天週六早上在宿舍門口見面，一起去那條自行車道騎車，但是我又跟他們說，當天週五晚上我要去參加一個系上同學辦的趴，可能會喝酒喝得很晚，所以請他們隔天早上記得打個電話給我，確定我已經起床了。

剛好那陣子我跟一對同樣來自台灣的夫婦住在一起，共用一支電話。隔天早上，我起床洗完澡之後，同學的太太跟我說，有一個年輕的女生打電話給我，但沒有說她是誰。我聽了也不以為意，就換了衣服騎腳踏車出去了。

我在學校宿舍的門口見到了那群大學部學生，打招呼之後，幾個女生都用一種非常崇拜又異樣的眼光看著我。我問她們怎麼了？她們說：「你昨天晚上一定有個非常棒的趴。」（You must have a very nice party last night.）

我說：「是啊，怎麼了？」

她們說，她們打電話給我的時候，是一個年輕女子接的電話，而那個年輕女子說我正在沖澡淋浴，不方便接電話。

我聽了恍然大悟，不禁大笑，但是也沒有跟他們多加解釋。而從此之後，他們就更佩服我這個「大哥」了。

這個故事告訴我們，人在江湖，難免會有一些不實的傳言在外邊流竄，但是我們不一定要多費口舌解釋。尤其當那些流言可以增加我們的聲望的時候。

不要跟那些愛唸書的神經病計較

一、

唸書的原始目的是取得知識，獲得一份好工作，然後過一個幸福快樂的生活。但是台灣在中華文化的荼毒之下，唸書的目的往往是為了獲得一張漂亮的文憑，讓身邊所有的人都羨慕到流口水，然後自己過著無聊到爆的書呆子生活。

二、

我小學讀的是全台灣最早的資優班，高中大學讀的是建中、台大。我高一、高二的時候很混，但是高三畢業那年是全班第一名；我大一、大二的時候也很混，但是大四那年好像也是班上第一名，還拿了書卷獎。所以我申請到了全額獎學金，到美國布朗大學直攻博士。

三、

所以我從此就跟公主過著幸福快樂的生活嗎？當然沒有，因為我當時連個女朋友都沒有，而且對於我在課業上的成就，最高興的好像是我爸爸，而不是我自己。

其實台灣的年輕人大多是這樣，讀書是為了讓爸爸媽媽高興，讓他們在親朋好友之間謙遜個幾句。

四、

唸書升學就像打電動玩具一樣，過了一關還有一關。我以台灣學霸的身分進到美國布朗大學的博士班，遇到的，當然就是美國各州來的學霸，歐洲各國來的學霸，還有印度來的學霸，個個身懷絕技。

大家在博士班比考試、比寫程式、比做研究，誰也不服誰。大家都知道，只要在這一輪的競爭當中勝出，就可以進到下一輪，當助理教授；然後再進入下一輪，當上副教授；然後接下來當正教授、國際電氣與電子工程師協會會士（IEEE Fellow）、圖靈獎（Turing Award），然後等著進棺材。

五、

在布朗大學電腦科學系的博士班裡，跟我比較好的朋友當中，思凡（Sven）是瑞典來的學霸，他讀了一年之後，決定不玩了，搬回歐洲去當個藝術家。

內特（Nate）是來自康乃爾大學的華裔學霸，他讀了一年之後也決定不玩了，領了一個碩士學位當紀念品之後，就搬到矽谷去當一個很快樂又很有錢的工程師。

彼德（Pete）是來自美國維蒙特州的金髮帥哥學霸。他也不玩了，他開始在網路上寫色情小說自娛，然後搬到西雅圖。據說他為了體驗人生，沒有去當程式設計師，而是去電影院當售票員。

伊豆（Ido）是以色列來的學霸，他之前是以色列空軍F4幽靈式戰鬥機的駕駛員，但是他也不玩了。我把一台修車廠怎麼修都修不好的雪佛蘭舊車送給他，他只花了十五分鐘修好，然後就開著那輛破車，載著他的老婆跟小孩轉學到紐約市的哥倫比亞大學去了。

六、

我背負著台灣眾親朋好友的期待，很辛苦的繼續玩下去。我考過了博士資格考、寫了博士論文、通過了口試，然後在當時很有名的IBM華生研究中心（T. J. Watson Research Center）找到了一份工作。

七、

然後我就從此跟公主過著幸福快樂的生活嗎？當然沒有，雖然我終於有了女朋友，終於結婚了，但是我面臨的是新一輪的競爭。

華生研究中心有五名諾貝爾獎得主，數百位博士。我在走廊、停車場、餐廳裡遇到的，全都是來自世界各名校的博士。就連我在上廁所尿尿的時候，站在我隔壁尿斗前抖抖抖的傢伙也都是名校出身的博士。

八、

我在華生研究中心工作了大約一個月左右，有一天中午在公司的餐廳排隊吃自助餐，看著站在我前前後後的一眾博士們，每個都造型詭異、表情奇特，很顯然的，他們一邊在排隊，一邊還在想著他們的偉大研究。

我當下決定，我也不玩了。我不要再跟這些愛唸書的神經病玩了！

九、

我決定不要再去寫那些不知所云的論文；我決定要去寫一些程式來改變這個世界；我決定要跟我的公主過著幸福快樂的生活。

我寧可在週日的上午躺在沙發上寫這篇上不了論文期刊的文章給你看，也不要再跟那些愛唸書比論文數的神經病玩了。

我們就這樣匆匆忙忙的賺了幾億美金

我的朋友S是南京人，一九九一年他從南京大學畢業之後，十九歲就到美國布朗大學讀博士，跟我拜在同一個指導教授門下，成了我的同門師弟。但是他讀了兩年之後就決定不再讀博士了，拿了一個碩士學位到加州矽谷工作。

隔了兩年，一九九五年的五月，S回到布朗大學找我，有一天晚上我們要出去吃飯，我跟他說：「你等我一下，我有個表姊最近從台灣搬到加州，我要打個電話跟她問候一下。」

於是我就打電話給我的表姊Eva，她當時是趨勢科技的技術總監（CTO），但趨勢科技還不是一家太有名的公司。我跟Eva寒暄問候了幾句之後，就聊起了她的工作，她說：「我最近有一個想法，我們目前抓病毒都是在PC上面做掃描，有沒有可能在Email Server（郵件伺服器）上直接做掃描，在郵件到達PC之前就把病毒抓出來呢？」

我說：「哇，這真是一個很棒的想法！做出來之後一定會是一個殺手級的產品。」

Eva說：「可是這做得到嗎？我問了我們公司幾十位工程師，每個人都跟我說，那是做不到的。」

我說：「我想應該是做得到吧。」然後我就簡單的跟她說了幾個可能的做法。

Eva聽了之後非常的興奮，問我：「那宜敬，你能幫我們做這個產品嗎？」

我說：「不行啊，我今年秋天就要畢業了，現在正忙著在寫論文，沒有時間做別的事啊。」

但是Eva不死心，一直在電話裡遊說我幫他們開發設計這個新產品，講了大概五分鐘之後，我看到S在我旁邊晃來晃去的，於是我就跟Eva說：「這樣吧，現在我旁邊剛好站著一個中國南京來的超級天才，他一定能解決這個問題，而他也住在加州矽谷，好像離你家不遠，他明天就要回去了，你們約個時間見面吧。」

於是我就把電話交給了S，讓Eva直接跟他約了見面的時間地點。而S掛上電話之後，我也跟他簡單的討論了可能的設計方向。

幾天之後，Eva跟S兩人在矽谷見面了，見面之後，Eva馬上打電話跟我說：「我剛剛跟你的朋友S見面了，聊得很愉快，也討論了合作的方式，我希望他在一個月內作出一個產品雛形系統，證明這個想法可行，如果他做得出來，我們就給他美金五千塊。當然，我想應該沒有人可以在一個月這麼短的時間解決這麼難的問題吧？但我還是想讓他試著做看看，如果一個月做不出來再說，我還是會付他錢的。」

幾分鐘之後，S也打電話給我，也跟我說了他們見面的情形。

沒想到四天之後，S就打電話給我，他說：「大哥，那個雛形系統我已經做好了，但是我只花了四天的時間，如果現在我就跟你的表姊說，她該不會反悔，不付錢給我吧？」

我說：「你放心，我表姊不是這樣的人。不過，我現在還是打電話跟她確認一下吧。」

於是我打電話給 Eva，跟她說了S已經完成雛形系統的事情，Eva 聽了之後，在電話的那一頭興奮的大叫，然後她跟我說：「你放心，我當然會給他五千塊美金，而且為了感謝他提前完成，還會給他額外的獎金，我現在就馬上打電話給他。」

在接下來的幾個月裡，我一邊寫我的博士論文，一邊常常接到 Eva 跟S的電話，跟我說他們合作的狀況，聽起來合作十分的順利，新的技術已經驗證是可行的。

大約三個月之後，Eva 到波士頓參加一個展會，我從布朗大學開了一個小時的車去找她，吃完中飯之後，我們回到她的旅館房間裡聊天，她說：「我們現在跟S的合作十分順利，你現在有空嗎，能不能到矽谷幫我一個禮拜的忙，盡快把這個產品完成？」

我以為 Eva 只是隨便說說罷了，所以就跟她說：「好啊，我的博士論文已經寫完交出去了，現在幾個口試委員們還在看，所以我剛好下個禮拜沒事。」

沒想到 Eva 聽了之後，馬上拿起了旅館床邊的電話，打電話幫我訂了一張美國大陸航空公司的機票，掛上了電話之後，她跟我說：「宜敬，我們的飛機是今天傍晚六點多，距離現在還有五個小時左右的時間，你趕快回去整理一下行李吧，我們在波士頓機場見面。」

於是我馬上開了一個小時的車回布朗大學附近的住處，匆匆整理好行囊之後，把我當天早上剛燉好的一整鍋牛肉拿去給一個朋友，然後又開了一個小時的車到波士頓機場，把車停在機場的停車場裡，就跟 Eva 飛到了矽谷。

第二天是禮拜天，我跟 Eva 一早就到趨勢科技在矽谷的辦公室裡跟 S 會面，那時候趨勢科技的矽谷分公司剛成立，除了 Eva、S 跟我之外，其實就只有兩個員工，而那兩位員工週末當然是不上班的。我們三個人在空曠曠的辦公室裡開會討論了產品架構，然後跟趨勢台北總部開了一個電話會議，請他們將核心的掃毒模組寄過來。掛上電話之後，我跟 Eva 說，由於這個產品的目標市場是使用 UNIX 作業系統作為郵件伺服器的大型企業，所以我們需要新買一台昇陽工作站（SUN Workstation）作為開發測試環境。Eva 聽了之後說，她會想辦法盡快去訂購一台，而我跟 S 可以先開車去吃飯了。

吃飯的時候，我跟S說：「依照我以前在IBM做暑期工讀生的經驗，訂購一台昇陽工作站大約需要一個禮拜的時間，Eva的動作很快，但至少也要三天，我們不如下午先去附近玩一玩吧。」

於是我們兩個人很興奮的計畫了當天下午的行程，我們決定到附近海邊著名的17 Miles Drive走走，並且在回到辦公室跟Eva說一聲之後就馬上出發。

我們兩人很高興的回到辦公室，卻發現桌子上擺了一個大箱子，原來Eva幫我們訂的昇陽工作站已經到貨了，我們兩人只好很認命的將新電腦組裝好，同時開始寫程式。

當天下午，Eva從她的座位探頭出來問我們，新產品要叫做「InterScan」還是叫做「Virus Wall」？我跟S都覺得「InterScan」那個名字比較好，而

Eva 也同意，於是那個產品就叫做 InterScan。

我跟S的動作很快，兩三天之後，那個新程式就已經寫好可以執行了，而 Eva 也完成了那個產品的簡報，於是 Eva 跟我們說：「你們兩個人繼續留在這邊寫程式，我明天就飛到紐約華爾街去找幾個大客戶介紹這個產品，我每天晚上會打電話跟你們討論，看這個產品要做什麼樣的改進，而你們改好之後，馬上跟我說。」

於是 Eva 就飛到了紐約，透過 Internet 連線回矽谷演示我們新做出來的產品，後來她又轉往德州拜訪了更多的客戶，她真的就每天晚上跟我們討論，產品要做什麼樣的改善，而我們也真的就每天晚上幫她改好，讓她隔天可以演示新改好的產品。

一個禮拜之後，Eva 回來了，她跟我們說，美林證券（Merrill Lynch）已經同意用五十萬美金買我們的新產品，成為 InterScan 的第一個客戶。

後來我回布朗大學參加博士論文口試，繼續我的蛋頭生涯，而S也順利完成了那個產品。InterScan正式上市之後，業績一飛沖天，成為當年趨勢科技最暢銷的產品，一九九九年趨勢科技在日本上市，隔年市值達到兩百億美金，InterScan功不可沒。

後來趨勢的競爭對手Mcafee也模仿InterScan做了類似的產品，但是美國加州的法院判定他們侵犯了趨勢科技的專利，所以Mcafee賠了趨勢一千兩百五十萬美金。

當然，我個人並沒有賺到幾億美金，那些錢是趨勢賺的。但是趨勢也待S和我不薄，在上市之前分了我們不少的股票。而S由於在二十七歲之前賺了太多的錢，一度覺得人生失去意義，變得非常消極，他在南京當教授的爸爸還曾經找我去談這件事，認為我這個當大哥的應該想辦法開導一下S，讓S重新找到人生的方向。

而三個人當中，由於我的貢獻最小，分到的錢也最少，但是能參與這樣瘋狂而有趣的產品開發過程，我已經是萬分滿意了。

民宅裡的創業家

二〇一八年一月，我去台大開會，開會前跟李琳山教授等人閒聊。我說我在一九九〇年初期，介紹我的同學奧斯卡到趨勢科技工作，那時候趨勢科技還很小，老闆張明正、我的表姊 Eva，以及奧斯卡等人就窩在麗水街一棟民宅的地下室裡創業。

後來我在一九九五年博士班畢業前回台灣一趟，當時我的表姊 Eva 跟我說，趨勢科技已經有點規模了，機會沒有像新創公司那麼好，建議我去另一家新創公司談談看。

Eva 建議的公司是訊連科技，那時候訊連的辦公室在復興南路的一棟民宅裡。我跟黃肇雄董事長談完之後去上廁所，廁所裡面有一個很大的浴缸，讓我印象深刻。

我跟李琳山教授說，我那時候很笨，沒有選擇去趨勢或是訊連工作，而是到美國ＩＢＭ的華生研究中心上班，因為那時候ＩＢＭ還是世界上最大的電腦公司，員工有二十三萬人，飛機有二十六架，公司有自己的網球場、高爾夫球場、健身中心，甚至還有公司自己的海灘、電信系統以及郵政系統。我當時覺得到ＩＢＭ上班，是光宗耀祖的一件事。

而如果我當時去趨勢或訊連的話，現在搞不好就會跟我的同學奧斯卡一樣有錢了。

李琳山教授聽了之後，跟我說，他當年從美國拿了博士學位回台灣教書，他的同學李焜耀問他，要不要到他們公司看看。李教授依約前往，那是一個在民生東路的辦公室，辦公室大概只有十幾坪，李焜耀跟他們的另一個同學施崇棠正在裡面忙著弄電路板。他們跟李教授說：「等一下施先生會來。」

過了不久施先生來了，當然就是施振榮先生。

我們那個年代有一句老掉牙的話：「時代考驗青年，青年創造時代。」下個世代的李焜耀、施崇棠、張明正、Eva、黃肇雄、奧斯卡，現在不知道在哪一間民宅裡工作？

價值數億台幣的博士學位

每當有年輕人問我要不要讀博士，我總喜歡跟他們說一個故事：

一九八八年我的表姊夫張明正跟表姊陳怡蓁在洛杉磯創立了趨勢科技，隔年我到美國布朗大學讀博士，一九九〇年夏天我去找他們，張明正跟我說：「宜敬，你不要讀博士了啦，你來我們公司上班，總經理給你當，我當董事長就好。」我當時看他們公司總共也才三個人，所以想都不想就跟他說：「不行啊，姊夫，我已經下定決心要讀博士了。」

後來我覺得不好意思，所以就介紹我的大學同學O先生去趨勢科技工作。

過了幾年，我又遇到張明正，他跟我說：「宜敬，你不要讀博士了啦，到我們公司上班吧。」那時候他已經不提當總經理的事情，因為趨勢科技已經有一點規模，總經理已經有人在做了。

我跟他說：「姊夫，不行，讀博士是我人生規劃的一部分，我還是先把博士讀完吧。」說完之後我還是覺得有點不好意思，所以就介紹我的另一位大學同學T先生去趨勢科技工作。

又過了幾年，我又遇到張明正，他跟我說：「宜敬，你不要再讀那個鬼博士了啦！」那時候他已經不說到趨勢科技上班的事情了，因為那時候趨勢科技更大了，不缺人了。但我還是跟他說：「姊夫，不行，我已經快拿到博士了，現在放棄太可惜了。」隔了一陣子，我又介紹一位博士班的同門師弟S先生去趨勢科技上班，因為S先生是天才少年，十九歲就進了博士班，只是他比我聰明，二十一歲就決定不再繼續讀博士班，跑到加州去找工作了。

我在一九九五年終於拿到博士，隔了幾年，趨勢科技在日本上市，一時之間，O先生、T先生、S先生的身價都是幾億台幣起跳。

所以說，我讀的那個博士學位價值數億元台幣啊。

我覺得我就是劉雪華

一九八七年六月，我大學畢業的前一個禮拜，我自己拿著一顆籃球跑到台大籃球場練球。我一邊練球，一邊想：「我終於快要畢業了，現在籃球場上，應該算是我最資深了吧？」

就在我心裡正得意的時候，隔壁球場有人喊：「小弟，要不要過來一起打籃球？」

我心裡想：「是哪個王八蛋叫我小弟？」

我轉頭一看，發覺居然是電視明星秦漢，當時他跟劉雪華所主演的八點檔連續劇《庭院深深》正在電視上播出，收視率很高，非常轟動。想來是他剛拍完戲，跑來球場活動筋骨。但是我被他叫小弟，心裡十分不爽，所以我就跟他說：「抱歉，我今天想自己練球，謝謝！」

第二天我又跟我的同班同學一起去台大籃球場打球，打著打著，我又聽到隔壁球場有人喊：「小弟、小弟，要不要過來一起打球？」

我轉頭一看，又是秦漢，而且跟他在一起打球的還有另外一位電視明星雲中岳。我覺得人家已經連續兩天邀請我們，十分有誠意，所以就跟我同學過去跟他們打二對二的鬥牛比賽。

秦漢籃球打得相當好，但是他當時已經四十多歲了，年事已高，手腳沒有那麼靈活了。所以打著打著，我要帶球上籃，他想把我的球拍掉，但是卻沒有拍到球，一巴掌打在我臉上，把我整個人打翻在地上。我的眼鏡破了，破掉的鏡片還把我的鼻子割傷流血。

秦漢很有風度，馬上過去把我扶了起來，用雙手輕輕摟住我的肩膀，雙眼望著我那雙因為疼痛而淚汪汪的眼睛，很溫柔而客氣的說：「小弟，你有沒有怎麼樣？」

在那一刻，我真的覺得我就是劉雪華啊！

大數據跟滷肉飯

一、

二〇一七年五月，中國大陸的經濟一片欣欣向榮，馬雲在貴州省發表關於大數據的重要演講，而同一時間，台灣的網路輿論卻都在討論滷肉飯的事情。於是有專欄作家在網路上發文感嘆：「對岸在講大數據，我們在講滷肉飯，這樣的高度落差，已經不是用天差地別足以形容的。台灣不是邊緣化而已，而是被整個時代給遺忘。」

看了這樣的評論，我也有我的感慨。

二、

一九八九年我到美國留學之前，就聽說美國人非常缺乏國際觀，對美國以外的事情不感興趣。

後來我到了美國，買了當地報紙，發現果然就跟傳說中的一樣。當地報紙的頭條新聞往往是發生在當地城鎮裡的一些小事，像是哪裡要修一條馬路、哪個小鎮要辦個假日市集，或是當地的高中球隊打敗了來訪的球隊之類的。翻看內頁，甚至連當地居民的婚禮跟喪禮都有報導。

而相較之下，之前我在台灣讀書的時候，台灣還是在戒嚴時期，報紙的頭條新聞總是一些國際大事或是國家大事，氣度非凡，國際觀十足。台灣地方城鎮發生的那些雞毛蒜皮小事，很少上得了新聞。

但是我在美國住了幾年之後，才發覺原來美國有許多知識分子是不讀當地報紙的，他們讀的是《紐約時報》。而《紐約時報》報導的不單單是紐約當地的新聞，而是包含了很多關於國際局勢的討論。那些討論的深入程度是台灣報紙所遠遠趕不上的。

三、

我到美國留學之前，也聽台大的老師們說過，美國學生的數學程度很差，而我在讀台大的時候，有一陣子兼了一份家教，學生是個台北美國學校的高中生。當時我看到美國的高中數學課本大概只有台灣的國中程度，所以對美國人的數學能力感到非常的鄙夷。

可是我到了美國布朗大學讀書之後，發現一般的美國人真的數學很差，但是大學部裡的一些美國學生數學好得不得了，而且他們把研究數學當作興趣，每天樂在其中，跟我們這些被聯考逼出來的數學專家非常不一樣。他們才是真正的高手、高高手。

四、

所以說，「同溫層」這個現象並不是網路時代才有的現象。在一個民主自由的國家裡，每個人都可以選擇自己想過的生活。喜歡關心地方小事的人可以去關心地方小事，喜歡關心國際大事的人可以去關心國際大事；喜歡數學的人可以專心研究數學，不喜歡數學的人可以去買一台電子計算機。而在這種狀況下，產生出來的國際事務專家是世界頂尖的國際事務專家，產生的數學家是世界頂尖的數學家。

只有在威權國家裡，才會人人都有世界觀，才會人人都會算三角函數。

五、

所以，要不是我在臉書上看到有臉友在抱怨豬哥亮的新聞很煩，要不然我根本就不知道豬哥亮出殯了，因為我的臉友當中，大多是不關心豬哥亮的人。而在民主時代，人人平等。對豬哥亮瞭若指掌的人，並不見得就比不認識豬哥亮的人有知識；而討厭豬哥亮的人，也不見得比喜歡豬哥亮的人有水準。

同樣的，要不是有人寫了文章說台灣人只關心滷肉飯而不關心大數據，我還真不知道台灣有那麼多人在討論滷肉飯。因為我的臉友當中，關心大數據的人遠比關心滷肉飯的人多。

民主時代，關心滷肉飯的人跟關心大數據的人是平等的，沒有誰高人一等。但是那些抱怨在台灣一直看到滷肉飯新聞、而看不到大數據新聞的人，顯然自己就是一個關心滷肉飯而不關心大數據的人，要不然怎麼會結交一些只關心滷肉飯的臉友？要不然怎麼老是會看到滷肉飯的新聞？

說故事的人跟聽故事的人

我應該算是一個蠻會說故事的人，而我的好朋友當中，也大多是很會說故事的人。愛聽故事的未必會說故事，但是會說故事的人通常也都是很好的傾聽者，會安安靜靜的聽別人說完一個故事。

不過，我偶爾會去參加一些不熟的朋友的聚會，遇到一些不會說故事，也不知道怎麼聽故事的人。

在那樣的場合當中，如果我要說一個關於歐洲文化差異的故事，開了一個頭：「一九九〇年代初期，我在美國的布朗大學讀書，當時我們系上有一個德國來的博士班學生……」

這時候就會有人插嘴說：「你讀布朗大學喔，那麼巧？我三姑媽的姪女也讀布朗大學耶，她叫做 Julia，你認不認識？」

然後我就不知道怎麼繼續講下去了。

如果我硬著頭皮繼續講下去：「有一年，那個德國同學去看了李安的電影《飲食男女》，看完之後，就決定要每天找我去吃中國菜當午餐……」

然後又會有人插嘴說：「可是我覺得德國豬腳比較好吃耶，美國的中餐館都超難吃的。」

然後我又不知道要怎麼講下去了。

也有些時候，我的故事講到一半，突然有人插嘴說：「哇賽，這一盤烤羊肉很好吃耶，來來來，趁熱吃，我先敬大家一杯。」

然後主人也接著說：「對對對，這道烤羊肉是這家餐廳的特色菜，來來來，趁熱吃，不要客氣。」

而最討厭的，是這些人插完嘴之後，又會對我說：「林宜敬，你繼續講啊，後來怎麼樣了？」這時候我心裡總是想：「哇咧，我又不是天橋底下說書的，你們又沒給我錢，我幹麼要說故事給你們聽啊？」

所以，會說故事的人通常喜歡跟會聽故事的人在一起，而會聽故事的人，通常也都是會說故事的人。他們會說自己的故事，也會轉述從別處聽來的故事。而這樣的人，通常會成為很好的小說家、導演、政治人物，或是各行各業的領導者。

小說家、導演、政治人物會說故事不奇怪，但為什麼各行各業的領導者通常也都很會說故事？這我就不知道了，也許是因為他們知道怎樣聽別人說故事吧？

李琳山教授，一個不靠腰的世代

一、

李琳山教授，一九七四年畢業於台大電機系，三年後在史丹佛大學取得電機博士學位，一九八四年當選台灣十大傑出青年。我在一九八三年進入台大資訊系的時候，他是我們系上的教授兼系主任，而當時他才剛滿三十歲。

那時候李教授跟我們說，當他從史丹佛畢業的時候，電機系的博士畢業生在美國跟在台灣的薪水相差十幾二十倍，所以當他跟他的同學們說他要回台灣工作的時候，大家都覺得非常的詫異，紛紛問他為什麼？而他只是簡短的回答：「台灣是我的家，而回家是不需要理由的。」

二、

我們那個世代的許多台大電機系與資訊系學生，都曾經被李琳山教授的那段話深深地感動過。因為那時候台大資訊系草創，系上的老師不多，也大多不是學計算機科學出身的，我們上課經常聽不懂，因為老師們自己其實也不太懂。我們只能自己找課本研讀，或是跟著學長學姊們做研究。

而每年的暑假，李琳山教授總是會到美國拜訪他的大學同學們，勸他們回台大教書。但是台灣的薪水終究跟美國差太多，所以他的任務總是失敗的多，成功的少。有一次，他終於以愛國心之名說動了他的一位同學，但是那天晚上，李琳山教授的那位同學在家裡請李教授吃晚飯，那是一棟在加州海邊的白色大房子。李教授吃完晚飯之後，看著美麗的房子跟美麗的海景，終於還是忍不住跟他的同學說：「算了，你在美國過得這麼好，還是不要回台灣吧。」

三、

一九八九年我當完兵之後，也到美國的布朗大學讀博士，我在那邊相當的融入，畢業前也找到了幾個很好的工作機會，而那時候美國的薪水還是台灣的三倍以上。所以當我跟我的同學們說，我打算將來回台灣工作的時候，他們也是非常的詫異，也紛紛問我為什麼？而我也是簡短的回答：「台灣是我的家，而回家是不需要理由的。」當時我自己覺得非常的感動，因為我覺得我就是另外一個李琳山教授。

四、

又過了幾年，我們一群大學同學在台北聚會，其中有許多人是從美國留學回來的。一桌大概十個人左右，每個人都混得不錯，每個人都賺了一百萬美金以上。

與李琳山教授合影。

五、

李琳山教授是我們那個年代的英雄，而我們是一個不靠腰的世代。但究竟是因為我們這個世代不靠腰，所以我們獲得了我們的幸福與成就？還是因為我們獲得了我們的成就與幸福，所以我們不靠腰？這實在很難講，在這不可理喻的世界裡，誰知道什麼是因，什麼是果？誰知道呢？

不過可以確定的是，李琳山教授跟我們這些學生都屬於一個幸福的世代，也是一個不會靠腰的世代。

我的博士論文

一、

別人的博士學位是真的還是假的？我不知道。但是我懷疑我自己的博士學位也有問題。因為在二〇一八年夏天，我回布朗大學去找我博士班的指導教授。我們坐下來談沒兩句，他沒有跟我談研究，也沒有跟我談論文，他就馬上跟我抱怨，說系上的壘球隊一整年還沒有贏過一場球。

他接著說：「我們最需要你的時候，你人在哪裡？」（Where were you when we needed you?）我聽了感到非常地詫異，因為當年我還在系上壘球隊的時候，我們曾經一整年打了幾十場比賽，沒有輸過任何一場球，而且還經常把人家殺得落花流水。

有一場對醫學系的比賽，比數是四十九比零；有一場對生化系的比賽，比數是五十比一。而在其中的一場，我打了四支全壘打，其中三支是滿貫砲，一支是三分砲。

所以仔細想想，我當年可能是體保生，只是我自己不知道而已。我的博士學位搞不好是摻水的。

二、

我在美國布朗大學讀博士的時候，有一天聽說系上組了一個籃球隊，要去參加學校舉辦的三對三籃球比賽，我馬上就報名參加了，而且每次練球都到。

但是球季開始之後，我一直都坐冷板凳，從來就沒有上場的機會。直到有一次，我們系上只有四個人到場，其中一個人是我，另一位是系上的教授維特（Prof. Jeff Vitter）。後來比賽進行到一半，維特教授的腳扭到了，沒有其他人可換，我們那些美國隊友們才心不甘情不願的讓我上場。

我上場之後，連續投進了好幾球，很神奇地帶領球隊反敗為勝，贏了那場比賽。而從此之後，我就變成了系上的先發球員，跟另外一位身高接近兩公尺的烏克蘭同學漢克（Hank），以及另一位美國同學邁可（Mike）一路過關斬將，拿到了季賽的第一名。

更神奇的是，我還是隊上的得分王。不過，做人要誠實，這應該並不是因為我打得比漢克以及邁可好，而是因為三對三籃球賽都是一對一（one-on-one）防守，當時美國沒有人相信亞洲人會打籃球，所以對手一定會派出他們最差的球員來防守我。

後來我們進入季後賽，第一場比賽臨時更改時間，我的隊友們竟然沒有通知到我，結果我沒到場，球隊就輸球了，我們的球季也就此結束。

我沒到場，球隊就輸了，這很可能只是巧合，但總是讓我自我感覺非常良好，讓我有一種幻覺，覺得自己跟傑基・羅賓森（Jacky Robinson）以及林書豪（Jeremy Lin）一樣，在美國爭取種族平等的民權運動中貢獻了一己之力。

三、

我從小打網球，球技還勉強可以。大一的時候去參加台大新生杯網球賽，還殺進了準決賽，但是因為準決賽當天早上我去打了一場棒球，還登板主投，所以在球賽的後段體力不支，在搶七的時候敗在日本籍同學長谷川的手下。

後來我去美國布朗大學讀博士，認識了一位大學部的台裔學生詹姆士，詹姆士在加州讀高中的時候是網球校隊成員，曾經在當地八家高中的聯盟中獲得雙打冠軍。

我的實力跟詹姆士有一段差距，所以跟他打網球，我總是敗多勝少。但是有一次我在發球的時候，我揮拍太快了，結果球拍的上緣打到球，球就像沖天炮一樣的直飛天際，久久沒有落下。

詹姆士看了大笑，笑到坐在地上站不起來。但就在這個時候，球從天空中掉了下來，剛好掉在發球區裡，彈了兩下。

我高舉雙手，大喊一聲：「Ace（發球直接得分）！」詹姆士抬起頭來，一時之間還搞不清楚是發生了什麼事。而這時候換我笑到坐在地上站不起來。

四、

一九九二年左右，某個週五的下午，我拿了一個文件要去給我的指導教授簽名。到了他的辦公室，才發覺他不在，有同學說他應該是去運動場參加校內的足球賽了。我當時急著要處理那份文件，因此就決定到足球場去找他。

到了足球場，我才發現我的指導教授其實沒去踢足球。但是比賽就要開始了，我們系的足球隊剛好少了一個人，馬上就要被裁判判棄權了。因此，場上的同學們都央求我留下來湊人數。

我同意了，我就穿著牛仔褲跟著大家上場東奔西跑，從前場跑到後場，從後場又跑到前場，不知怎麼的，我居然踢進了三球，而我們的系隊就以六：四還是七：五之類的比數贏了那場球賽。

從此之後，我在系上的足球界聲名大噪，當時系上的第一高手是一位年輕的教授亨特瑞克（Pascal Van Hentenryck），他來自比利時，據說在歐洲曾經是半職業足球聯盟（Semi-Professional Football Leagues）的球員。他認定我是系上的第二高手，因此，之後每次他要練球或比賽的時候，都會特地來問我要不要參加。

我大多婉拒了，因為我們台灣人都知道，沒有天天過年這種事，有些事情留下一個傳說就好了，不要妄想去複製。

五、

喔，對了，我的博士論文呢？

什麼論文？

林博士的故事

一、

我拿到博士學位已經二十多年了。剛開始，我對於「博士」的這個頭銜並不是很在乎，因為美國人不是很重視學位，所以當我在美國工作的時候，好像從來沒有人叫我「Dr. Lin」。

而我剛回台灣的時候，如果有人叫我「林博士」，我一定會心中一驚，因為會那樣子叫我的，要不是供應商想賣東西給我，就是我的好朋友們又在虧我了。譬如，我的好朋友會說：「林博士，去倒垃圾！你的垃圾桶滿了。」或者，「林博士，你怎麼連電腦都不會修？你的博士是怎麼唸的？」

二、

我回台灣的第一份工作，是在一家上市電子公司上班。有一次，我們公司研發部門的一位年輕課長去工研院開會，帶回來一個令人震驚的消息：據工研院那邊的人說，如果電路板上的訊號頻率超過 300MHz，那我們公司當時所生產的印刷電路板都會出問題，而我們公司的大部分生產設備也都必須淘汰。

我們公司的高層聽了之後大驚失色，於是決定派我帶著幾位工程師去工研院了解狀況。

我們到了工研院，裡面走出來兩位看起來年紀比我還小一點的工程師。我向他們請教了幾個問題，但是由於他們的理論實在有點離奇，所以我就多問了兩句。結果他們兩人突然顯得很不耐煩，其中一位跟我說：「同樣的事情，我上次已經跟你們的某課長說明過了，他回去都沒有教你們嗎？」口氣相當的輕蔑而不友善。我想，可能是因為我看起來比較年輕，所以他們以為我是某課長的屬下吧？

我有點被嚇到，但還是很客氣的跟他說：「有，某課長回去有跟我們說，但是我們公司最近在跟英特爾（Intel）合作生產適用於高頻的印刷電路板，而Intel跟我們說的情況，好像跟你們說的有點不一樣。」

那位工研院的工程師更生氣了，他對我說：「你們不要以為你們跟英特爾合作就有什麼了不起的！其實在這方面的相關研究，全世界最厲害的是美國ＩＢＭ的華生研究中心（T J Watson Research Center），不是英特爾！」

我有點不好意思，但也只能跟他說：「啊！真巧，我回台灣之前，就是在美國ＩＢＭ的華生研究中心工作。」

三、

後來我自己出去開公司。剛開始，我在名片上印了「博士」兩個字，但是那兩個字的字體很小，免得太過張揚。

結果我去拜訪學校客戶的時候，不管是大學或是高中的英文老師，一聽說我們是來自於一家軟體廠商，就開始對我長篇大論，只差沒有訓話。而談到後來，當他們知道我是留美博士，而且英文也相當好之後，他們又會顯得很不好意思，好像之前所說的話唐突了我。結果，就算我完全不在乎，氣氛也會變得非常尷尬，然後生意就談不成了。

於是我決定將名片上的「博士」兩個字字體加大，讓人家一開始就知道我是「林博士」。果然，後來出去談事情就順利多了。

四、

但還是有一次，我們公司申請了一筆政府補助案，我決定自己去向審查委員們報告。

簡報一開始，審查委員會主席就跟我們說，不要做自我介紹，免得浪費大家的時間。

於是我就開始簡報，簡報完之後，審查委員們給了我們很多離奇的建議。尤其是其中的一位年輕教授，他跟我說話的方式就像是在指導學生一樣，也算是諄諄教誨啦。但我總覺得，他好像對我們這個產業不是很了解。而在那樣的場合，我是絕對不敢跟審查委員們唱反調的，因為一旦唱反調，那審查肯定不會過。

但即使如此，我們的案子終究還是沒有過。然後過了一年左右，我在某個聚餐的場合剛好坐在那位年輕教授的旁邊，而且跟他聊得很愉快。於是我問他：「X教授，您實在非常的優秀，請問您是在哪裡讀的博士？」

他說他是台灣某某名校的博士。

我說：「那你一定認識H教授吧？」

他說：「當然，他是我的博士論文指導委員之一。」

我說：「真巧，H教授是我的大學同學。」

由於當時場面變得有點尷尬，所以我只好趕快轉移了話題，但是心中不免會想：「哇咧！我比指導你的教授還早拿到博士學位，依照五嶽劍派的規矩，你好像應該叫我一聲師伯吧？」

五、

由於台灣是一個非常崇尚學歷的社會，因此，從我在美國拿到博士學位回台灣工作算起，這二十多年來，我由一個完全不在乎「林博士」這個頭銜的人，變成了一個相當在乎「林博士」這個頭銜的人。而且，我有時候還會拿這個頭銜去嚇唬別人、欺負別人。

我這樣究竟算是認清了社會現實？還是算同流合污了？

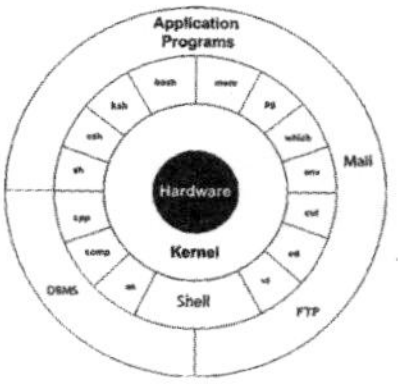

輯二
自己寫程式的老闆

令人難以理解的軟體工程師生涯

一、

我們公司的Windows版軟體已經有十多年的歷史，經過歷代工程師的整治之後，內容已經凌亂不堪。過去三個月，我找時間自己重寫了整個主程式。原本數萬行的程式，被我重寫得只剩下數千行，功能不變，效能更好，而且架構儼然。

前幾天完成Alpha版之後，我不禁開懷大笑，笑聲驚動整個辦公室。

二、

在重寫這個程式的這段期間，前兩個月，我每週花在這個程式上的時間應該不會超過四個小時。後來我趁著農曆新年沒事幹，跑到公司加班數天，但是一天寫程式的時間也不會超過四個小時。

通常我白天寫兩、三個小時的程式，遇到瓶頸就去忙別的事，或者乾脆回家吃晚飯，晚上睡覺前，躺在床上用手機查一下資料，第二天上班走在路上，就會很自然的想到不錯的解法。

寫程式是一種創作，不是做苦工，不能每天在電腦前面枯坐十幾個小時，否則超時工作，只會讓自己的腦筋變得更糊塗。

我所認識的許多寫程式高手，每天寫程式的時間都不會太長。

三、

一九九五年的時候，有一天在美國鹽湖城，我陪著趨勢科技的創辦人張明正扶著他爸爸過馬路，他突然跟我說：「宜敬，我實在搞不懂，在軟體這個行業，一個優秀的工程師的產出可以輕易抵得上一、二十個平庸的工程師，但是公司最多只要付他兩、三倍的薪水。那為什麼還有公司願意付錢雇用那些很平庸的工程師呢？」

當時我博士剛畢業，當然不知道要如何回答他的問題；而現在過了這麼多年，我還是不知道要如何回答那個問題。

而當時張明正會問我那個問題，應該是因為我介紹了幾位同學跟朋友到趨勢科技工作。那幾位都是以一當十、以一當百的高手。趨勢科技當時沒有給他們十倍、百倍的薪水，但是對他們也不薄，給了他們不少的股票。

後來趨勢在日本上市，我那幾位朋友都成了億萬富翁，財富應該超過一般工程師的十倍、百倍吧？

四、

寫一個大型程式，並不是「人多好辦事」。

如果是土木工程或是製造業，人越多、產出就越大。如果一個計畫延誤了，就多調一些人手過來幫忙。但是在軟體工程裡，人越多，就越是難以協調，寫出來的程式也往往品質越差、效能越糟糕，而且完工時間還會越晚。

這就是有名的「人月神話」（The Mythical Man-Month: Adding manpower to a late software project makes it later）。ＩＢＭ在一九六〇年代開發 OS/360 作業系統軟體時，就發現了這個奇特的現象。

所以我也搞不懂，大型軟體公司雇用了那麼多的軟體工程師幹麼？

五、

我在當兵的時候，有一陣子在台中十軍團的資訊中心擔任資訊官。那時候我手下有兩名資訊科系畢業的大專兵，但是我嫌他們兩人寫程式寫得太慢，而解釋給他們聽更是費事，還不如我自己動手寫比較快。

所以我就叫他們到一邊涼快，所有的程式都由我來寫就好。而他們兩人覺得很不好意思，就泡了很好喝的奶茶給我喝。

後來我們成了很好的朋友。

六、

寫程式並不是寫得越長越好、越厲害。

我年輕在台大資訊工程系的時候，會跟朋友炫耀說：「我寫的程式語言編譯程式，總共有一萬多行耶。」

後來我去美國布朗大學讀電腦科學博士，畢業的時候喜歡跟朋友炫耀：「我的博士論文那個程式，功能那麼強大，但是我只用了七、八千行程式就搞定了耶。」

七、

二流的軟體工程師，喜歡把簡單的問題弄得複雜，寫出別人看不懂的程式。

一流的軟體工程師，喜歡把複雜的問題簡單化，寫出架構清楚明白的程式，讓人看了之後，覺得問題好像很簡單。

三流的軟體工程師會去崇拜二流的軟體工程師，因為他們會覺得二流工程師寫的程式都看不懂，一定是超級厲害。

三流的軟體工程師不會去崇拜一流的軟體工程師，因為他們會覺得一流工程師所做的事情都很好懂，好像都很簡單。

只有一流的軟體工程師才會佩服一流的軟體工程師，因為只有他們才能看得出來，其他的一流軟體工程師厲害在哪裡。

台灣的軟體業如此，美國的軟體業也大致如此。

八、

直到一九八〇年代末期，ＩＢＭ一直是世界上最大的電腦公司。而當時ＩＢＭ找了一些原來是做硬體製造的高階主管來管軟體部門。

那些高階主管依照他們管理製造部門的經驗，決定用 KLOC（thousands lines of code），也就是每位軟體工程師每年寫出多少行程式來計算軟體部門的效率。結果軟體工程師們都「短話長說」，寫出一堆落落長又沒有效率的軟體程式。

九、

要成為一流的軟體工程師，必須熟悉了解電腦科學的各種基礎理論，也必須累積長時間的實務經驗。

我在布朗大學電腦科學系讀博士修課的時候，程式作業的份量非常重。上作業系統（Operating System）課的時候，教授要我們每個人獨立寫一個包含 File System 與 Process System 的迷你 Unix 作業系統；上編譯程式（Compiler）課的時候，教授要我們每個人獨立寫一個編譯程式，而且每一個模組還必須用兩個以上的方法寫，然後互相比較；而上范・達美教授

（Prof. Andy van Dam）的電腦圖學，那簡直就是人間煉獄。當時助教發問卷調查，發現每位學生每週花在寫那堂課的程式的平均時間超過四十個小時，學生們幾乎要群起造反。

但是修過上述那三門課而沒有被當掉、又拿高分的，就成了懂理論又懂寫程式的高手、高高手。

十、

當年我在布朗大學讀博士的時候，我估計我們系上像我這種等級的寫程式高手，大概有十來個吧？

但是我們系上公認最厲害的寫程式高手，還是我的指導教授萊斯（Prof. Steve Reiss）。他一個人大概抵得上五到十個我們這種等級的工程師。

關於他的傳說很多。有一次我去他的辦公室找他，看到他正在玩接龍遊戲。他被我發現了，有點不好意思，趕緊跟我說，他覺得 Windows 上的接龍遊戲很好玩，但是他沒有 Windows 電腦，所以就花了四、五天，利用零散的時間在他自己的 Sun Work Station 上面寫了一個類似的接龍遊戲，包含彩色的圖像介面等等。

想玩電玩就自己寫一個？我很想笑，但又差點在我師父面前跪了下來。

十一、

我在布朗大學認識的那些軟體高手，後來真正以寫程式為志業，然後寫出偉大又廣泛被使用的程式的，應該不多。因為有些人後來去當大學教授，教授通常是不會自己寫程式的。久了之後，我不知道他們的功力剩下多少？有些人後來為了拿高薪，去一些大公司寫一些很沒營養又很無趣的程式。久了之後，我不知道他們的功力剩下多少？有些人後來進入產業界工作，沒多久就升上了管理職，而管理職人員通常是不會自己寫程式的。久了之後，我不知道他們的功力剩下多少？

所以程式高手原本就不多，而一直繼續在寫程式的程式高手就更是稀有了。

十二、

美國的軟體業有一個老笑話：如果有兩個工程師在同一個團隊，一個很會寫程式，另一個很不會寫程式，那後來升上經理的，一定是那個不會寫程式的。

因為團隊需要那個會寫程式的留下來寫程式。

十三、

我寫程式的功力最高的時候，應該是二十多年前我剛拿到博士的時候，那時候我又懂理論、又累積了大量的寫程式經驗。我不敢說自己能以一當百，但是以一當十應該是綽綽有餘的。

只可惜，沒多久之後我就升上了管理職，而當上了經理、協理、總經理之後，如果還自己寫程式的話，那是會被別人笑的。

所以我就不再寫程式了，而且我也學會，要在自己的部門多擺一些工程師，否則陣仗不夠大，會被別的部門瞧不起，也會被我的上司瞧不起。

二十年下來，我的功力大概只剩下兩三成。

十四、

我現在終於自己當了老闆。而當上了老闆之後，最大好處之一，就是我高興寫程式就可以寫程式。就算有人要笑我，我也可以不理他們。

十五、

我趁過年期間重寫了我們公司的 Windows 主程式，完成之後，自覺功力已經恢復到當年的三、四成，不禁大樂。

不過我還是覺得，軟體工程還真是一門很難以理解的行業。雖然我本身就是一個軟體工程師，雖然我的博士論文研究的就是程式開發環境（Programming Environment），主題就是我在這邊所說的這些問題。

創新與品牌的重要性

一九八八年的時候，我在陸軍總部資訊中心當少尉預官，有一天我們收到一個訊息，在金門有另一位少尉預官寫了個程式，那個程式會在個人電腦上顯示一個金門周邊地圖，而如果使用者用滑鼠在地圖上的某一個位置點一下，那個程式就會馬上計算出國軍在金門數千門各式火砲的方向及射角，並全部列印出來，讓每一門火砲都能精準的射到那個位置上。

那位預官的上司看了非常的讚賞，就向金防部指揮官報告；金防部指揮官看了非常讚賞，就向陸軍總部報告；陸總部的計畫署署長看了也非常讚賞，就向陸軍總司令報告；陸軍總司令看了也非常讚賞，就向參謀總長郝柏村報告；參謀總長看了還是非常讚賞，於是就向總統李登輝報告。

總統指示，要將那個程式推展到全陸軍，於是參謀總長交代陸軍總司令，陸軍總司令交代計畫署署長，計畫署長交代副署長。最後少將副署長就把我的大學同學蔡少尉找過去，要他負責這項工作。

蔡少尉收到那個程式的原始碼之後，研究了一陣子，發覺那個程式根本就沒有做任何的計算，只是把一堆預先儲存好的火砲射角及方向列印出來。很顯然的，那個程式的設計者每次在演示的時候，都是在電腦螢幕上的地圖點同一個位置，所以即使那個程式列印出來的資料是固定的，也從來沒有人發現。

蔡少尉覺得又氣又好笑，所以就跑去向少將副署長報告實情。副署長聽了之後說：「蔡少尉，那你覺得我應該怎麼辦？我是不是要去向署長報告，說我搞錯了，那個程式其實是假的。然後讓我們署長去向總司令報告，說他搞錯了。然後讓我們的總司令向郝總長報告，說他搞錯了。然後再由郝總長去向李總統報告，說他搞錯了？」

蔡少尉聽了，一時不知道要怎麼回答。

於是副署長繼續跟蔡少尉說：「原來寫這個程式的那位預官放了三個月的榮譽假，現在還沒有回來，而且他回來之後就馬上要退伍了。這樣吧，蔡少尉，還是請你辛苦一點，想辦法把這個程式寫完吧。」

於是我們蔡少尉連續趕工了三個月，還經常加班，才終於把那個程式寫完，而且他還發現，當初寫那個程式的預官就是在台大資工系高我們一屆的X學長。

這個故事告訴我們創新與品牌的重要性，X學長不但創新，而且建立了他的品牌，所以他放了三個月的榮譽假；至於蔡少尉則是做代工的，所以他加班加了三個月，而且還沒有任何的榮譽假可以放。

避免成為惡老闆的方法

我從來不認為我是一個善心的老闆，但是由於我們公司很少要求員工加班，有小孩的員工都可以很準時的早早下班，而且近幾年業績還不錯，所以最近也陸續在調薪。結果，居然有人認為我是一個善心的老闆。

而既然發生了這樣的誤會，我想我最好還是解釋一下，分享我當老闆的心得：

・原則一：盡量避免成為別人的老闆

如果能不當老闆就不要當老闆，而如果頭洗下去了，已經變成了人家的老闆，那公司內部非關核心競爭力的工作，能自動化的就自動化，能外包的就外包，能上雲端的就上雲端，用人盡量精簡。千萬不要為了面子，找了一堆員工來撐門面。

因為只要避免成為別人的老闆，我們也就避免了成為惡老闆的任何可能性。

・原則二：避免成為沒有效率的員工的老闆

同樣的工作，有的員工可以輕輕鬆鬆的完成，早早回家抱小孩；而有的員工卻必須留下來加班，搞得雞飛狗跳。

如果員工加班不付加班費，老闆會被員工罵，會被勞動局關切，當老闆的自己心裡也會過意不去；而如果員工加班要付加班費，當老闆的心裡又會捨不得。

因此，還不如不要當這些人的老闆。只要不當這些人的老闆，就降低了成為惡老闆的可能性。

・原則三：避免讓人家以為我們是好老闆

一旦人家認定我們是好老闆，公司就會吸引一些愛靠腰的員工來上班。而愛靠腰的員工天性就是愛靠腰。做業務的賣不出產品，怪公司的產品不好；做研發的做不出產品來，怪老闆的方向不對；事情不會做，怪公司的教育訓練不夠；自己沒有創意，怪老闆不懂創新。

而一旦公司想顧及「好老闆」的形象，就不敢去得罪愛靠腰的員工。結果就是劣幣驅良幣，愛靠腰的員工聲音比優秀的員工大，而能力不好、經常加班的員工反而自認為對公司的貢獻最大。

而最終的結果，就是很想當一個大善人的老闆反而變成了大家口中的惡老闆。

坦白說，我一直認為勞力密集產業的老闆才是善心的老闆，他們雇用了大量的勞工，為國家解決了失業率的問題，而更重要的是，他們讓工作能力沒有那麼強的弱勢勞工們有個去處。

但人總是自私的，我看到那些老闆被網民們一竿子的都打成惡老闆，
我也不想為他們強出頭，沒事惹事啊。

為什麼老闆必須自己動手寫程式

二〇二〇年的聖誕節是個週五，我在下班前寫好一個程式，交給公司的同事們，請他們將那個程式整合進公司的產品裡面。

把程式交出去之後，我突然覺得悵然若失。因為在之前的三年期間，我每個禮拜大概會花十到二十個小時寫程式。我不但將公司最核心的四個程式模組重寫完成，而且連周邊的許多小程式也都順便改好了。原本十幾萬行的C++程式，被我改寫成只剩一萬多行，結果不但架構變得更簡單，功能大幅提升，速度變快，而且我還在系統當中加入了最新的機器學習功能。所以這幾個核心模組一邊被客戶使用、一邊還會自我學習、自我改進。

但是該寫的程式都寫完了，我不知道，我接下來的閒暇時間還能做什麼？一時之間，覺得空虛又寂寞。

我身為一家軟體公司的老闆，卻自己每天在寫程式，這件事情本來讓我羞於啟齒。因為網路上的酸民們對不會寫程式的老闆很有意見，但是對於會自己跳下去寫程式的老闆，恐怕更有意見。

然而，仔細想想，老闆自己跳下去寫程式，其實是有很多好處的。

首先，老闆自己寫程式，可以讓公司的幹部們成長。因為大家都知道，一家公司的老闆如果自己太能幹、太努力，事必躬親，那公司的幹部們一定成長不起來。

而如果公司老闆的個人興趣就是寫程式，那他除了參加週會等幾個重要的會議之外，其他的時間都關在自己的辦公室裡寫程式，那他就不會經常去騷擾各部門，而是會讓各部們的主管放手去做事。

再者，老闆自己寫程式，也可以省掉很多溝通的時間。因為在大部分的科技公司裡面，老闆跟員工都必須花很多時間在溝通上面。老闆會覺得員工們不懂，員工們也會覺得老闆不懂；老闆覺得某些事情是做得到的，而部屬們往往會覺得老闆異想天開，所說的那些事情是做不到的。

而如果老闆自己跳下去寫最難、最核心的程式，那員工們就會真心的相信，老闆說的事情是做得到的。

此外，公司最核心的程式，大概也只有當老闆的才會發瘋想去重寫。像是我們公司的那幾個核心程式模組，已經用了十幾年了，累積了全世界幾百萬個使用者，期間發生過的小問題不少，但也沒出過什麼真正的大問題。只是那些程式碼經過歷任工程師們的摧殘之後，就像中了江湖上最惡毒的面目全非腳一樣，亂成一團，就連神仙也看不懂。

重新改寫這樣的程式，吃力又不討好，所以大概也只有當老闆的，才願意去做這種事情吧？

不過以上說了這麼多的理由，其實也都只是我的藉口。我會自己跳下去寫這些程式，最根本的原因，其實就是因為我喜歡寫程式。

每個人的興趣不同，而對我來說，全世界最有趣的事情大概就是寫程式了。我每天去上班，最期待的當然不是去開很多的會，而是在會議之間的空檔，我可以躲回辦公室去寫我的程式。

而程式跟人比起來，實在好溝通多了，你要它做什麼、它就會做什麼，它們絕對不會推託，也絕對不會頂嘴。

只是天下沒有不散的宴席，世間沒有永遠寫不完的程式。我將這些核心程式重寫之後，也應該交棒給公司的其他工程師們了。
我總不能將公司裡最有趣的工作，通通留給我自己吧？

月薪七萬的水電工

我們公司茶水間的水龍頭壞了，由於這個年代水電工很難叫，而且修水電剛好是我的業餘嗜好，所以我就到公司附近的水電行去買水龍頭，打算回來自己修。

到了水電行，裡面只有一個年輕媽媽抱著一個嬰兒，她跟我說，他們剛好沒貨了，要我留張名片，等到他們訂好貨，拿到水龍頭之後，再打電話要我過去拿。

我在掏名片的時候，她又問我，我是不是開餐廳的？因為那一款的水龍頭有很多的餐廳在用。我跟他說，其實我是開軟體公司的。

她拿到我的名片之後，臉現詫異之色，說：「抱歉，失敬，失敬！原來是林博士。」我一時不知道怎麼回答，只能笑著對她說：「沒有，沒有。」而心中想著火雲邪神的那句話：「虛名而已。」

過了兩天，水電行的年輕媽媽打電話給我，跟我說水龍頭已經到貨了，要我過去拿。我過去拿了之後，她擔心我不知道怎麼修，很好心的仔細教我，同時一直跟我說抱歉，說他們店裡面原來有個師傅，月薪七萬多，但是最近辭職出去自立門戶了，所以只剩下她的父親老師傅自己在做，而她的父親正在外面忙，沒辦法到我們公司幫我們修。

我跟她說，這個我都了解，因為幾年前我們公司的水龍頭就壞過一次，那時候因為換水龍頭的工程太小，叫不到水電師傅，所以我才學會自己修。

我又問她，為什麼他們的師傅月薪七萬多，還是要辭職？是因為工時很長嗎？她說：「沒有啊，就早上八點半上班，傍晚六點下班，但他學會了技術之後，出去自己當老闆比較好賺吧？都是這樣的。」

我回到辦公室，爬了六層樓的樓梯到頂樓，在綿綿細雨當中關了我們這層樓的總開關，淋了一身濕，然後爬樓梯回我們辦公室，花了不到兩分鐘就把水龍頭換好了。想來，我應該也算是一個純熟的水電工了。

這個故事告訴我們……喔，不，我還是不要亂說吧。

這個年代大家的意見跟感想都很多，聽了這個故事，關心技職教育的人應該會有他們的感觸；關心勞工低薪問題的人也應該會有他們的感觸；擔心博士畢業生找不到工作的人會有他們的領悟；關心中小企業生存困境的人也會有他們的領悟；而覺得慣老闆不重視專業，不找專業水電工修水龍頭的人，當然也會有他們一貫的憤慨。

不過我很確定，應該沒有人會同情我這個冒著低溫，吹風淋雨爬樓梯修水龍頭的水電工吧？

一個帛琉漁夫跟英國企業家的故事

二〇一九年十二月，由於我們公司當時的業績相當不錯，所以我就選了某個週五的下午，帶著全公司一起去看了場電影慶祝。但是下午三點多看完電影之後，我實在不知道要幹什麼。因為我的兒子、女兒還沒有放學，而我的老婆也不想理我，所以我只好又回公司去寫程式。

我在辦公室一邊寫程式，一邊想起十多年前聽到的，一個關於帛琉漁夫跟英國企業家的故事。

一個英國企業家到帛琉的海邊度假，他看到一個帛琉漁夫走了過來，把釣鉤隨便往海裡一放，不到一分鐘就釣了一條大魚上來。

帛琉的漁夫撈起了魚就要走，英國企業家看到了，趕緊把他叫住。

「你為什麼釣到一條魚就走了？」英國企業家問

「這一條魚夠我們一家吃了。」帛琉漁夫回答。

「你這樣太懶了，你應該多釣幾條魚再走。」

「可是我要那麼多的魚幹什麼？我們又吃不完。」

「你應該多釣幾條魚，然後把吃不完的魚拿到市場上賣，這樣你就可以賺到更多的錢。」

「可是我要那麼多的錢幹什麼？」漁夫還是不明白。

「你可以用那些錢來開一家公司，僱一些員工，讓他們釣更多的魚，然後想辦法讓公司上市啊。」

「可是公司上市有什麼好處？」

英國企業家覺得這個帛琉漁夫真的很蠢，好不容易忍住了脾氣才跟他說：「等你的公司上市之後，你就會有更多的錢，然後就可以跟我一樣，來帛琉度假釣魚啊。」

我年輕讀大學的時候，就是一個快樂的軟體工程師，我的最大興趣之一就是寫程式。後來大學畢業之後，我聽從長輩的建議，到美國讀了一個博士。而拿到博士學位之後，我又找了份工作去寫程式。在職場上工作了一陣子之後，我又聽朋友的建議，自己出來開公司，過了幾年生不如死的日子。

到如今，我們公司終於開始賺錢了，經營也穩定了，公司裡大部分的事情也都可以交給幹部們去處理了。

於是我終於有時間，可以自己一個人回辦公室來寫程式了。

為什麼軟體公司的老闆必須學Photoshop

一、

開軟體公司的人都知道，軟體界面的美術設計是非常重要的。如果界面長得不好看，那程式寫得再好，使用者也不會喜歡。所以打從從我開公司的第一天開始，我就很注重美術設計，一直想弄出一個很漂亮的軟體界面。

只可惜，這件事遠比我想像中的困難多了。

二、

最早的時候，我請我的老婆幫我設計軟體界面。因為我的老婆就是一位專業的藝術家。她不但素描、水彩、油畫、抽象畫都畫得很好，而且還是電腦繪圖的高手。她曾經在大學的美術系教過電腦繪圖，也寫過高職的電腦繪圖教科書。

別人要花一個禮拜才能做好的電腦繪圖設計，她只要半天就可以搞定了，而且品質非常好。

三、

只是我老婆的作品是不能批評的。如果我跟她說：「老婆，妳的設計真是太好了。但是有幾個小地方再調整一下的話，那就更棒了！」那她就會說：「既然你的意見那麼多，那你自己做啊！」

然後她就會花上六天半的時間跟我嘔氣、吵架，然後我就必須向她道歉、哄她、威脅她、哀求她。結果最後當她把設計稿交出來的時候，差不多也就是一個禮拜七天的時間，跟其他的設計師所花的時間差不多，只是過程更讓我覺得痛不欲生而已。

四、

所以我就開始找別的美術設計師來幫我們做設計。但是我很快的就發現，並不是每個美術設計師都是有美感的。有些設計師畢業於大學美術相關科系，而且精通 Photoshop 的操作，只是他們所設計出來的東西，就是讓我覺得沒有美感。

偏偏這樣的設計師也都不好惹，如果他們的設計不符合我們的需求，那我們也只能認了，千萬不要妄加批評。否則他們下班之後，說不定就會在網路上寫一篇靠北文，說我是外行指揮內行，說台灣的公司都不尊重專業，說台灣的軟體無法打入國際市場，就是因為老闆捨不得花錢，不願意用高價聘請專業的設計師。

我覺得是美感的問題，但他們覺得是錢的問題。他們認為，是因為我們給的錢不夠多，所以他們無法做出有美感的設計。

五、

當然，美感是十分主觀的。我也曾經認真思考過，也許缺乏美感的人是我，而不是他們，所以我才會覺得他們設計出來的東西沒有美感。

但是話又說回來，我的朋友們都覺得我相當有美感，我的美感甚至比我那個藝術家老婆還好。至少，我選的老婆比她選的老公好看多了。

所以我決定，要用心尋找一個具有美感的設計師。

六、

然後我很快的就發現，風格是一個大問題。

好的藝術家通常都有強烈的個人風格，而個人風格是無法改變的。大約十年前，我們公司找了一位很厲害的美術設計師，但是他的設計風格就是「暗黑暴力美學」，而偏偏我們公司的軟體是個語言教學軟體。

語言教學軟體的界面原本應該是歡樂而陽光的，配上了他的暗黑暴力美學之後，怎麼看都覺得怪怪的。

七、

此外，我們也找過一位哈韓派的年輕美術設計師。我們請她設計英語學習課程的界面，結果她設計出來是韓式風格的；我們請她設計日語課程的界面，結果她設計出來也是韓式風格的；我們請她設計中文課程的界面，結果她設計出來還是韓式風格的。

偏偏我們公司就是沒有韓語課程，所以實在不需要韓式風格的設計。

八、

而既然我們無法改變美術設計師的風格，那山不轉路轉，我們就努力的去尋找設計風格跟我們需求相近的美術設計師。

也就是說，既然我們公司的主力產品是英語課程，而語言學習產品需要的是陽光正面的風格，那我們就努力去尋找一個陽光、正面、而且是英國風或美國風的設計師。

只可惜，這樣的美術設計師在台灣非常稀有。多年前我們曾經找到一位，我們喜歡他喜歡得不得了。結果，他跟我們公司的產品經理談戀愛，然後兩人就結婚搬到美國去了。

我雖然心有不甘，一邊流淚一邊祝福他們。但是仔細想想，美式風格的設計師喜歡住美國，台式設計風格的設計師喜歡住台灣，這好像也是一種必然的現象。

九、

所以我們究竟要怎麼辦？我想了十多年之後，最近終於想通了，我決定要自己學 Photoshop，自己學做設計。

而我好歹也是一個以電腦繪圖作為副修的電腦科學博士，所以我不過花了十小時左右的時間，就把 Photoshop 軟體介面摸得很熟了，也做出了好幾個我自己覺得不錯的界面設計。

十、

我做好設計之後，再去找不同的美術設計師討論。如果我覺得他說的沒道理，那就謝謝再聯絡，兩不相欠。

而如果他把我臭罵一番，但是我覺得他罵的有道理，那我就花錢請他幫我修改。

十一、

然後我就可以拿著我的作品去面對大魔王，找我老婆討論。

如果我老婆有什麼意見的話，那我就可以惡狠狠的跟她說：「既然妳的意見那麼多，那妳幫我做啊！」

台灣的軟體工程師都跑哪裡去了？

一、

台灣的軟體工程師都跑哪裡去了？這是一個困擾我很多年的問題。台灣有那麼多的資訊相關科系，每年有那麼多的畢業生，但是我們公司要找軟體工程師的時候，卻總覺得很難找。我原本以為是我們公司小，所以有些軟體工程師不願意來上班，但是我問了一些在大型軟體公司工作的老闆或是高階研發主管，他們也是一直在抱怨，說很難找到好的軟體工程師。我們只是依稀的知道，有很多的軟體工程師跑到硬體公司上班去了，但究竟為什麼會這樣？我一直搞不懂，而我的那些軟體業的朋友們也搞不懂。

二、

直到最近，我為了找軟體工程師到我們公司開發機器學習相關產品，才突然對這件事情有了更深一層的領悟。

近年來機器學習（Machine Learning）這個議題實在太紅了，所以我就像大部分的公司老闆一樣，心裡有很強的焦慮感。我原本打算用高薪僱用一個熟悉這個領域的工程師，先來研究如何將機器學習技術應用在我們的產品上面。結果我問了一些專家，他們都說這個領域最近的發展很快，資深工程師往往反而不了解，所以要找就乾脆找一些剛畢業的、在學校學過機器學習相關課程的資訊系畢業生。

但是我們公司在網路上刊登的求才訊息放了一個多月，一直都沒有什麼好手來應徵。我又去問了一些朋友，才知道機器學習這個議題真的實在太紅了，所以大部分剛畢業的好手都被硬體公司用高薪網羅了。

三、

於是我就開始在網路上找資料，自己研究機器學習技術。結果我研讀了一、兩個禮拜，發覺這個領域雖然在近年來有著長足的進步，但基本原理跟二、三十年前沒有什麼大改變，像是Neural Net、Convolution、Recursion、Machine Learning等等，都是我以前就很熟悉的技術與概念，感覺上就像是跟二、三十年前認識的老朋友重逢一樣，非常的親切。

於是我轉念一想，既然這些基本觀念我都懂，只是不熟悉一些新的機器學習開發工具而已，那我為什麼不花個五十萬台幣外包，請幾個資訊系在學的大學生或是研究所學生，花兩、三個月幫我們把開發環境架設起來，然後再由我們公司現有的資深軟體工程師接手就好了？而對接這個外包案的學生們來說，五十萬台幣也許是一筆大錢，但對我們公司來說，這比起我們自己花一百萬年薪請個菜鳥工程師來做開發，至少可以省五十萬台幣以上。

但想來機器學習真的是太紅了，所以過了一兩個禮拜，我們開價五十萬台幣要找人外包的事情也還是沒有進展，一直沒有辦法找到合適的人選。萬般無奈之下，我只好自己買了一本書，嘗試自己架設做機器學習產品開發所需要的軟體開發環境，像是Python、TensorFow、Keras等等。

沒想到，我自己花不到兩個小時的時間，就很順利的把這些開發環境架設起來了。而我自己用一些零散的時間寫一些程式，居然也在兩個禮拜內取得了不少進展，至少，我們已經證明了我們原先的產品設想是可行的。

我心中得意非凡，不但在實驗上得到了很多的樂趣與成就感，同時也覺得又省下了五十萬台幣。

四、

所以仔細想想，一個剛畢業的資訊相關科系學生，到硬體公司上班一定比來我們公司上班幸福多了。台灣大多數的硬體公司都很有錢，花得起高薪請工程師。而硬體公司的老闆通常每隔幾年就要像發燒一樣，決定大舉投資軟體業，同時接受媒體訪問，說台灣的未來在軟體，不在硬體。然後他們在網際網路剛興起的時候投資網際網路軟體公司，在APP當紅的時候轉投資APP軟體公司，在雲端運算紅的時候轉投資雲端運算軟體，在大數據當紅的時候轉投資大數據軟體公司，而現在AI機器學習正紅，他們當然也要轉投資AI機器學習的軟體公司。

五、

軟體工程師在大型硬體公司的軟體部門或是轉投資軟體公司工作，即使位階不高，也經常會有機會跟郭台銘、施振榮、林百里、施崇棠這種國際巨星等級的大老闆開會。而年輕的軟體工程師們在會議中隨便亂講也不會有事，因為那些硬體大老闆們通常不會懂這些軟體工程到底是在講什麼，他們只能不斷的點頭微笑，然後轉頭跟媒體記者們說，就是因為他們不懂軟體，所以更要給這些軟體工程師很大的創新與犯錯的空間。

六、

而軟體工程師到我們這樣的中小型軟體公司上班，就只能跟我這種名不見經傳的老闆一起開會，而且對於技術的事情不能亂講。如果亂講，就算我能忍住不罵人，也很難忍住不發笑。

硬體公司的大老闆通常對軟體工程師很大方，他們給高薪，通常還會覺得很划算，因為這些軟體工程師帶來了一些他們公司原本沒有的技術，感覺上就是很厲害，邊際效益很高；而軟體公司的老闆通常對軟體工程師比較小氣，他們給薪水，通常都還要考慮軟體工程師本身的能力，他們只願意給有能力的軟體工程師高薪，而不願意給平庸的工程師高薪。

七、

軟體工程師到硬體公司上班，就像是台灣的演員參與美國好萊塢年度大片的拍攝一樣，不但薪水高，而且就算只是擔任個小配角或臨時演員、戲分不重，也會有機會跟國際巨星說上幾句話。就算他們的演技不好，國外的觀眾也會以為華人講話的表情天生就是這樣。

而軟體工程師到軟體公司工作，就像是台灣的演員在本土連續劇中演戲一樣，就算演的是主角還是第一男配角，也沒有什麼好向親朋好友炫耀的。而如果在戲中台語發音不標準，馬上就會被導演跟觀眾罵。

八、

當然，雖然台灣的大型硬體公司在過去三十年來不斷的投資各種軟體事業，但他們好像也從來沒有做出過什麼偉大的軟體產品，也沒有拆分出什麼偉大的軟體公司。硬體大老闆們的軟體熱，通常過了幾年就自然退燒了。現在他們早已經忘了那些關於網際網路、ＡＰＰ軟體的投資，而對於雲端運算與大數據好像也沒有那麼熱衷了。

九、

於是那些到大型硬體公司上班的軟體工程師，通常在五年、十年之後就會失寵，然後就會出來找軟體公司的工作，但是他們往往期望很高的薪水，卻只能做一些很基本的軟體開發工作，他們在硬體公司工作的那些年，軟體技術往往沒有什麼長進，甚至可能退步了。而原來他們所熟悉擅長的先進技術，通常也退流行了。

找那些在大型硬體公司工作多年的軟體工程師到軟體公司工作，就像是找那些在好萊塢大片中當過臨時演員的華人回來演本土劇一樣，總會覺得哪裡怪怪的。

十、

所以說，一切都是非常合理的。台灣許多的軟體公司找不到合適的年輕工程師，而台灣許多的軟體工程師在中年之後遇到職涯瓶頸，這都是非常合理，而且可以解釋的。

只是在這所有合理的現象之下，我還是找不到有能力的年輕軟體工程師來幫我們公司開發機器學習相關產品，我還是必須跟幾個現有的資深工程師自己搞。

這實在很不合理啊。

為什麼台灣做不出國際性品牌？

一、

二十多年前，我剛跟我老婆結婚的時候，我老婆跟我說，她爸爸有一輛英國的 Jaguar 轎車，她之前借那輛車來開，結果轉彎的時候，方向盤太緊，害她的手扭到。

後來 Jaguar 的代理商跟她說，Jaguar 的車就跟英國的紳士一樣，有他自己的脾氣、有他自己的想法，不是我們想怎麼開就怎麼開的。

我聽了之後跟我老婆說：「聽那個代理商在放屁！明明就是 Jaguar 的方向盤沒設計好。」

二、

大約十五年前，我們夫妻買了一輛 BMW 520，開那輛新車上路，經常會莫名其妙的熄火，而且再也發動不起來，必須找拖車來拖。後來 BMW 的修車廠跟我們說，熄火的原因是「火星塞積碳」，而火星塞積碳的原因，是因為 BMW 的設計接近跑車，而我跟我老婆開車都開太慢了。意思是說，其實問題是出在我跟我老婆的開車技術。

我聽了一肚子火，但是也拿 BMW 的代理商沒辦法，在買那輛車之後的兩年，我們經常為了「火星塞積碳」的問題送車進 BMW 代理商的保養廠，前前後後花了十幾萬台幣。

後來 BMW 的原廠派了一位資深技師來台灣，幫台灣的 BMW 保養廠做講習，代理商建議我送車去給那位德國技師看。結果那位德國技師看了看，發覺是因為有一根電線鬆了，接觸不良，根本不是什麼「火星塞積碳」的問題。而德國技師將那條電線拴緊之後，我們那輛 BMW 就再也不會莫名其妙的在路上熄火了。

有個朋友聽我說了這個故事，跟我說：「哎呀，看來我們台灣人做事還是比較馬虎，還是德國人比較厲害。」

我說：「胡說！明明就是德國人生產了一輛有瑕疵的車賣給我，而且沒有將他們的代理商訓練好，怎麼還要幫他們說好話？」

三、

台灣人向來崇洋，在我們的父祖輩是崇美、崇日，而年輕的一代則是崇歐，對歐洲人與歐洲文化，往往會有一種莫名的崇拜。其實歐洲有好的公司，也有壞的公司，而好的歐洲公司有時也會生產出很糟糕的的產品。但是歐洲的產品在台灣出錯，消費者往往會很自卑的認為，錯在我們自己

而相對的，台灣人對自己台灣的本土品牌總是特別嚴苛，說起 Acer、Asus、Trend、Giant 等等，往往都是負面的批評居多。許多台灣人似乎覺

得，使用台灣自己的產品比不上使用歐、美、日本產品高尚。

所以台灣人一方面批評自己人只會做代工，不會做品牌，一方面又不給台灣的品牌一個機會。尤其是中小企業，要在台灣經營一個品牌是非常困難的，做了好的產品掌聲不多，做壞了一個產品卻馬上會被網民公幹。

四、

當然，台灣最近也出現了一些不錯的本土小品牌，但是台灣消費者所喜歡的本土品牌，往往都是非常本土的，受限於文化而難以拓展國際市場的品牌。

所以更精確的說，應該是台灣人不喜歡那些做國際市場的台灣品牌，只要那些做國際市場的台灣品牌出現了其他歐、美、日本的競爭者，那台灣大部分的消費者就會去選擇國外的品牌。

像韓國人支持三星、ＬＧ，中國大陸的消費者支持小米、華為的這種事情，在台灣好像是不會發生的。

因此，台灣的公司如果要做品牌，還不如先打國際市場，等到打下國際市場之後，再外銷轉內銷，以國外品牌的姿態回銷台灣。

不過這說起來簡單，對台灣的中小企業是何其困難啊！

我們真的關心勞工嗎？

一、

在這張照片的最右邊那一位是Tony，他是布朗大學電腦科學系的清潔工，二十多年前我在那邊讀博士的時候，每天下午他都會推著一個大垃圾桶到各個辦公室收垃圾。如果我的垃圾桶是空的，我就會用葡萄牙文跟他說「vazio」（空的），而他收完垃圾，我也會用葡萄牙文跟他說「obrigado」（謝

謝），因為他是個來自葡萄牙的移民，我每天都會跟他聊兩句，順便跟他學一點葡萄牙文。

而不只有我這樣，我們系上大部分的教授跟學生也都把 Tony 當作朋友，因此，當我們系上的壘球隊得到了全校冠軍，大家在陽台上辦趴的時候，我們也邀 Tony 一起參加，邀他一起照了這張相片，當時我們想都不想，都認為那是一件很正常的事。

二、

但是當我在一九九七年回國之後，我發覺在台灣大部分的學校裡，教授學生跟清潔工是分屬不同階級的，雙方很少說話，也不會成為朋友。而在職場上也是如此，我們問問我們自己，最近是否曾經跟辦公室樓下的管理員伯伯聊天？我們是否認識每天吃午飯的那家餐廳裡的侍應生？我們是否知道每天幫我們收垃圾的清潔工叫什麼名字？

我們大部分人每天跟他們見面，卻形同陌路。

三、

近幾年來，台灣人很喜歡在網路上談論勞工問題，每個人談起勞工時，似乎都是同情勞工，與勞工站在同一陣線對抗財團的。但其實台灣一直都是一個士農工商階級分明的社會，這個社會對於那些出身勞工，然後苦學有成的人讚譽有加，但是對於那些出身勞工，但是一輩子也都是勞工的人呢？我們是不是也對他們有同樣的尊重？

四、

台灣這個社會，對於一個讀了碩士博士卻找不到工作的人的尊重，要遠超過對一個兢兢業業做好自己工作的勞工的尊重，這其實才是台灣經濟問題的根源。

美國是全世界最具創造力的國家，但同時也是個非常尊重勞工的國家，因為創新是社會上百分之三的人的工作，全世界沒有那個國家是全民都有能力創新創業的，即使是美國也沒有那樣的能耐。

五、

每當台灣舉行總統選舉，然後各政黨的候選人在電視上發表政見的時候，各個候選人總是在拍年輕人的馬屁，講的好像台灣每個年輕人都很有創意，而台灣的經濟靠著年輕人的創意就可以升級翻身一樣。

的確，創意對台灣很重要，台灣需要年輕人的創意，也需要中年人跟老年人的創意，但是我們必須再說一次，創新是社會上百分之三的人的工作，鼓吹要所有的年輕人都靠著創意謀生，是一個很危險而且很不負責任的想法，那只會製造一大堆眼高手低，到處遊蕩的年輕人。

台灣應該先學會的，是對每個勞工的尊重，以及每個人對自己的工作的尊重。

不要問國家能為你做什麼

一、

二〇二一年一月，我接連參加了幾場產官學對於數位學習產業的討論會，在座有許多的業者希望政府給予輔導跟補助。而也有一些政府官員積極的詢問，業者需要政府什麼樣的輔導跟補助？

我忍不住引用美國甘迺迪總統的名言說：「不要問國家能為你做什麼；問問你能為國家做什麼？」（Ask not what your country can do for you; Ask what you can do for your country.）

或者我們可以說：「不要問政府可以為企業做什麼；問問企業可以為政府做什麼？」

二、

台灣在扁政府跟馬政府時代，一直有一個迷思，以為「拼經濟」是經濟部的事情，經濟部必須去輔導廠商，教導廠商如何做產品研發，如何做外銷。

但其實政府只能在國家經濟起飛的階段主導大規模的抄襲，並不能在經濟高度發展之後主導創新。創新通常來自於市場的自由競爭，而不是來自於政府的輔導。

台灣的經濟早已高度發展。如果現在還有企業必須靠政府的輔導才知道怎麼做研發，必須靠政府告訴他們哪裡有市場商機，那麼，那家企業的老闆大概可以去切腹自殺了。

三、

如果政府真的要「拼經濟」的話，那國防部、交通部、農委會、教育部、環保署、甚至外交部都可以使得上力。而最使不上力，而且反而會打亂市場秩序的，往往是經濟部。

四、

舉例來說，蔡英文總統上任以來積極推動國軍的武器更新，結果讓台灣的國防產業蓬勃發展。政府的原始目的是提升國軍戰力，而不是要「輔導國防產業」，但結果是台灣的國防周邊產業都賺到了錢。

所以，如果我是一家國防相關產業的老闆，我一定會問：我的企業能為國家做什麼？而不會問：國家能為我的企業做什麼？

五、

同樣的，如果交通部真心想要改善各縣市的交通，那就會產生出一大堆的商機，讓許多營建業跟運輸相關產業賺到錢。

所以如果我是交通相關產業的企業老闆，我也會問：我的企業能為國家做什麼？而不會問：國家能為我的企業做什麼？

六、

如果企業的老闆們一直問國家能為他們的企業做什麼？而政府官員又傻傻的、很認真的去思考這個問題，以輔導廠商作為出發點，那政府就會生出一堆方向不明確的計畫，搞出一堆沒有用的建設，培養出一堆沒有國際競爭力的公司。

七、

其實我們在這邊說的道理很簡單，而世界上大部分的國家也都這麼做。像美國就沒有經濟部，而美國政府也不會找一堆學者專家開會，討論要如何輔導矽谷的公司做創新研發。

像中國政府靠著建設高鐵網路，不但大幅改善了中國國內的交通，也讓中國的高鐵產業蓬勃發展。

八、

但不知道是什麼原因，台灣每次談到軟體相關產業，政府就會跑出來以「輔導產業」作為出發點，提出一大堆補助計畫讓業者申請。

而許多台灣業者也喜歡問：國家能為我的企業做什麼？而不是問：我的企業能為國家做什麼？

能劇、減法美學、台日關係

沒想到人生第一次欣賞能劇，居然是由我作東，包下了東京後樂園著名的「宝生能楽堂」，然後請了大約五十名日本賓客來欣賞。

在台下的，有商社的大老闆、有創業家、有年輕可愛的日本女生、有當過日本駐外大使的政壇耆老、有日語教學的權威學者。而在台上的，是兩位國寶級的能劇演員及和琴演奏家。

全場就只有我不太會說日語；全場就只有我跟另外一位台灣企業家不是日本籍。

這是因為我們公司跟日本的某大商社集團合作，合資在東京成立了一家新公司，打算用我們公司的 MyJT 技術平台做為基礎，製作線上日語課程，向全世界推廣日語及日本文化。

新公司在二〇二二年四月宣布成立，我到東京參加新公司的成立慶祝會，而慶祝會是以能劇的形式進行。然後由於我是新公司的最大股東，所以作東招待大家欣賞能劇的人，其實就是我。

在演出之前我有點緊張，因為已經有許多人告訴過我，能劇非常不好懂，而偏偏我的日語程度又很差。

但是欣賞完能劇之後，我覺得十分感動。因為好的藝術不一定要被理解，但是一定要能感動人心。透過樂師的演奏與能劇演員的肢體動作，我感受到了那個情緒，我感受到了日本文化的美。那種美，是日本文化獨特的美，是減法的美，而不是加法的美。是我們台灣人可以理解，也可以深深感受到的美。

演出之後，我們依照日本傳統，包下了一家餐廳喝酒慶祝。餐廳裡擠得滿滿都是人，酒酣耳熱之後，我舉杯用英語及我那半生不熟的日語跟大家說：

「みなさん、日本是一個擁有偉大文化的偉大國家，關於這件事情，我們台灣的前總統李登輝先生知道，大部分的台灣人也都知道，但是世界上還有許多人不知道。所以日本人應該努力學英語以了解這個世界，也應該努力向世界推廣日語以及日本文化。

みなさん、一緒に頑張りましょう！（各位，我們一起努力吧！）」

滿城都是王語嫣

台灣人不會做品牌行銷，這幾乎已經是一個定論，Acer、BenQ、hTC在鼎盛時期都花過大錢做行銷，但效果都不是很好。

這個問題的原因之一，是許多台灣人把行銷（Marketing）跟做廣告宣傳（Promotion）畫上了等號，其實這是不對的，在做廣告宣傳之前，一家公司的行銷人員必須先做ＳＴＰ（Segmentation, Targeting, Positioning）分析，決定公司的目標市場與產品定位是什麼，然後才能決定要在廣告中呈現什麼樣的形象，然後才能決定廣告的方向跟主題是什麼。如果ＳＴＰ沒做或是做錯了，再炫的廣告都會是無效的。

Segmentation是一門學問，Targeting是一門學問，Positioning更是一門大學問，但是我接觸到的台灣行銷人員當中，許多人連ＳＴＰ是哪三個字的縮寫都搞不清楚，而搞得清楚的，通常也只懂得理論，完全缺乏實際的操作經驗。那就像金庸武俠小說《天龍八部》裡的美女王語嫣一樣，雖然熟讀各種武功祕笈，但是完全缺乏實戰經驗，也就是說，到了戰場上一點用處都沒有。

而這其實是一種負面循環，由於台灣缺乏大品牌的公司，所以沒有培養出具備ＳＴＰ經驗的高階市場行銷人員；而又由於台灣缺乏有經驗的高階市場行銷人員，所以沒辦法產生大品牌的公司。

也許有些人會說，台灣的一些外商公司裡培養出了很多高薪有經驗的市場行銷人員，是台灣本土的公司太小氣，不願意花高薪請他們罷了。但是依照我的經驗，外商公司裡培養出來的行銷人員更是糟糕，更是對於品牌的經營缺乏概念，因為外商公司的ＳＴＰ分析工作通常早在國外的總公司就做好了，台灣分公司的行銷人員，只是把總公司做的廣告內容本地化，然後花錢買廣告罷了，他們沒有權力更改總公司做出來的市場定位決策，也從來就沒有參與過STP的工作。所以雖然他們通常都打扮得跟王語嫣一樣美麗，但其實還是不會武功的。

魔幻的國度

二〇二一年九月，中國大陸的「華爾街英語」公司破產了，欠了一大堆錢。我看到新聞之後百感交集，因為中國大陸是一個魔幻的國度，許多人在那邊用神奇的方法賺了大錢，但是也有更多的人在那邊搞得身敗名裂。

大約在二〇〇九年的時候，我到上海拜訪一家知名的英語補習班。那家補習班跟台灣的華爾街美語類似，採用會員制，收費非常的高。他們提供實體的一對一英語教學，也提供一些英語學習軟體給學生們用。

我跟那家補習班的總經理在他的辦公室裡談定了合作，他們決定要採用我們公司的英語學習平台，然後他就帶我去參觀他們的旗艦店。

他們的旗艦店位於上海一棟非常漂亮的辦公大樓裡的第十九層。在旗艦店裡，靠窗的是一間間有著落地窗的小教室，隔著玻璃，我可以看到裡面有人在上課。而樓層的中間則是一個很大的開放空間，布置得像是高級的網咖一樣，擺了很多漂亮的咖啡桌跟電腦。

我跟在他們的總經理後面走著，突然看到一名身材姣好、穿著入時、又非常漂亮的女子坐在電腦前用他們的數位課程。我不禁轉頭多看了她一眼。

然後走了沒幾步，我又看到一名美女，她穿著絲襪蹬著高跟鞋、心不在焉地在上網。我又不禁多看了她兩眼。

然後我四處張望了一下，發覺在場的二十多名顧客之中，居然有七、八個頂級美女，而其他的顧客大多是宅男。

我覺得事有蹊蹺，當天晚上趕緊打電話給一位在中國英語教育行業打滾多年的前輩。我問他，我所見到的那些美女會不會是補習班花錢請來，用來吸引宅男顧客上門的職業學生？

前輩聽了哈哈大笑。

「你去參觀的時間，是不是剛好在傍晚？」他問我。

「是啊！你怎麼知道？」我反問他。

前輩笑我少見多怪，看到駱駝說是馬背腫。他說，中國的英語補習班雇用頂級的美女來吸引男性顧客上門，那是行之有年的方法。而且，那些美女都是晚上在俱樂部上班的陪酒小姐。傍晚的時候，她們會提早一兩個小時化好妝，在去俱樂部上班之前，先到英語補習班賺一些額外的鐘點費。

於是我領悟到，雖然當時中國的科技水平還落後於其他先進國家，但是經營的手法卻早已領先世界。許多台商跟外商都太過天真，還以為他們自己的經營管理有多厲害，而中國大陸遍地是黃金，可以在那邊發大財。

其實落後又缺乏想像力的往往是外商跟台商。我們沒有那個膽識，最好還是離那個魔幻的國度遠一點。

Business Model的重要性

二〇一三年十二月，我跟任職於工研院的兩位學長吃飯。聊天的時候我提到，中國大陸有一家國家重點支持的上市企業K公司，這些年來一直在抄襲我們的產品。他們的產品不如我們、技術不如我們，但是在中國的營業額卻比我們大很多。於是其中一位學長問我，是不是我們公司的Business Model（「商業模式」）出了問題？

我沒有直接回答這個問題，但是跟他說了一個故事：

兩年前，我們的中國大陸代理商跟我說，中國廣西省有一個很大的商機，因此約我到廣西省的省會南寧見面。在那裡，我見到了一位「黃總」，黃總是世界環球小姐廣西省賽區的負責人，他每年舉辦選美比賽，除了第一名送往中央繼續參賽之外，其餘的小姐就納入他的模特經紀公司旗下，成為Models（模特兒）。而每當廣西省政商界有重要的生意要談，就會有人跟他徵調Business Models（商業模特兒）陪酒。而由於Business Models漂不漂亮通常決定了一筆生意能不能成，因此久而久之，那位黃總居然成了廣西省最有權勢的人之一。

我到的那一天，廣西省教育廳剛好有一個採購案，要集體採購一萬一千個電子白板，金額非常的大。只見眾人眾星拱月般圍著黃總，等著他協調「開標過程」。

黃總忙完了電子白板的標案之後，終於撥出時間，似醒非醒地聽完了我的簡報。他聽完之後跟我說，那兩天全國各省教育廳的官員剛好都在廣西省開會，而K公司已經跟他徵調了十七個Business Models，準備在開完會之後，一對一的陪各省的官員到海邊的一個小島上共度週末，當然，所有的食宿交通以及 Business Models 過夜的費用，都是由K公司負責。

黃總問我有什麼想法？結果我只想了半分鐘，就跟黃總說：「我在台北還有一些很重要的事，那我就先回去了，謝謝你的幫忙。」

誠如許多台灣學者專家所說的，Business Models 真的很重要，台商企業一定要努力升級，努力思考 Business Models 的重要性。只是我總覺得，那些學者專家對於台商所面對的挑戰實在缺乏了解，更是缺乏對 Business Models 的「hands-on experience」。

因此，對於學者專家們所提出的一些想法，有時候我們聽聽就好了，也不用太在意。

翻臉的時刻

一、

二〇二二年八月初，美國的眾議院議長培洛西女士訪台，中共的解放軍在台灣海峽舉行軍事演習，台灣海峽兩岸的情勢突然變得非常緊張，於是許多的台灣人都在討論，政府應該要如何面對那樣的局勢。

而剛好那幾天我跟兩位成功的企業家朋友聊天，他們都不約而同的講到跟客戶翻臉的必要性。

二、

一般人都知道客戶最大，我們要尊重客戶，我們要對客戶客氣，客戶永遠都是對的。但是有經驗的企業經營者都知道，如果我們對客戶永遠只會低聲下氣，那麼，有些奧客就會得寸進尺，要求越來越多，用一種上對下的口氣頤指氣使，講得好像我們公司只是他們公司裡的一個部門。

遇到這種狀況，我們就必須跟客戶拍桌子翻臉。翻臉之後，所有的條件重新再談。

三、

然而，跟客戶翻臉是一件很恐怖的事情。公司的業績會在短期之內大幅衰退，而且客戶可能會想盡辦法惡搞我們、封鎖我們，讓我們也無法出貨給其他的客戶。然後我們就必須面臨公司倒閉的風險。

跟客戶翻臉的時候，我們說我們不怕，其實都是騙人的。我還記得我在創業之後幾年，第一次鼓起勇氣跟大客戶翻臉的時候，就讓我連續一整個禮拜睡不著覺。

四、

但是有經驗的企業經營者都知道，該翻臉的時候還是要翻臉，該拍桌的時候就應該拍桌。因為跟客戶翻臉的風險雖然很大，但總比不翻臉好。

如果一家企業從來都不敢跟大客戶翻臉，那遲早會倒閉。

輯三

大時代的台商

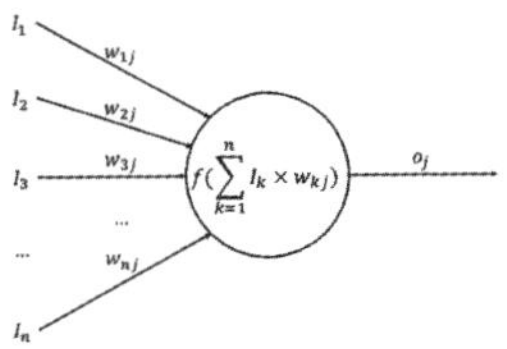

一個大時代的台商故事

一、

Y君是我讀建中時的同學。他年輕的時候風流倜儻，博古知今，但是又桀驁不馴，江湖上人稱「小楊過」。每當他穿著牛仔褲，騎著一二五CC的機車呼嘯而過的時候，不知道迷倒了多少年輕女子？

Y君當過搖滾雜誌的主編，當過某電視台的節目主持人，也曾經是個超級業務員，他總是能在幾個月的時間之內，完成公司給他的一整年銷售目標。

二、

但是在二〇〇四年左右，Y君在台灣的事業遇到了一些瓶頸，於是他在某次晚宴之後開車載我回家的路上，跟我說他要去中國發展。

我勸他不要去，因為我知道中國的經商環境複雜，除非是那些在台灣已經很有規模的公司，否則台灣人到了中國工作，總是會被耍得團團轉。他這樣隻身一人前去，恐怕凶多吉少。

三、

但是我看到的是風險，他看到的是機會。Y君終究還是去了中國。此後幾年，Y君曾經幫台灣跟中國的大老闆們工作過，也曾經自己開過小公司，每次他都覺得要發大財了。但每次到了最後一刻，總是會發生一些稀奇古怪的事情，然後他的發財夢就化為幻影。

四、

那段期間，我偶爾還是會在台北或是北京見到Y君。見了面，我總是笑他說，他自認是個壞人，但其實他根本就不是個當壞人的料。他的心不夠黑，手段不夠狠。在他桀驁不馴的外表之下，其實還是一個好人。偏偏他總是喜歡跟一些心狠手辣的人一起共事，難怪每次都被騙。

五、

到了二〇一四年左右，Y君從中國回來了。十年之間，他帶過去的積蓄已經賠光，台灣的房子被查封，揹了一身的債務，而且老婆還鬧著要離婚。而最糟糕的是，Y君整個人都變了。他的閑適不見了，他的優雅不見了，他變成了一個非常急躁與輕浮的人，就像許多的台流一樣，他沒辦法靜下心來聽別人說完一段話，也沒辦法靜下心來思考。

當年在江湖上迷倒一眾女子的小楊過，已經變成了一個中年大叔。

六、

我陪Y君處理了一些債務的問題，然後買了一輛腳踏車送他。我跟他說，台灣這些年來的經濟發展不像中國那麼快，但是台灣變得更乾淨、更漂亮了，而人民也變得更和善、更有禮貌了。有空的時候，不妨騎著腳踏車到處逛逛吧？人生最重要的不是能爬得多高，而是在遭受挫折之後，能從谷底爬起。

七、

幾天前我跟Y君見面吃飯。回台五、六年，他終於有了一份正常而穩定的工作，而且他的閑適與優雅也終於回來了。我舉起酒杯敬他，歡迎他回來。而他也知道我的意思，他的身體早就從中國回來了，但是他的魂，是直到這一兩年才回來的。

八、

這是我的朋友Y君的故事，也是過去二十年來許許多多台商的故事。所有的故事都大同小異。中國是一個魔幻之地，機會無窮，因而造就了少數的台商大老闆，但是也毀掉了更多台商的人生。許多人在那邊散盡家財，搞得妻離子散，甚至身敗名裂。Y君人能平安回來，就已經是大幸，更何況他的魂魄也回來了，這真是一個值得慶祝的事情。

妖僧與妖寺

一、

之前我們公司在中國有一個重要的代理商。大約在二〇一三年，我去北京找他們，他們公司的李姓總經理跟我說，他那陣子開始信佛，經常去北京近郊的龍泉寺參拜聽講。而龍泉寺十分特別，那邊的住持是一位清華大學的博士，而在那邊參拜的，也大多是北京城裡的高級知識分子，或是事業有成的成功人士。

說著說著，李總顯得十分得意跟得志。

二、

過了沒幾個月，我們發覺李總給我們的銷售數字都是假的，他們發來的客戶銷售合同掃描檔也都是變造過的，而且他們還大量積欠貨款。

我們的業務人員跟他們催帳，他們覺得不爽，就派人去我們在北京的機房，把我們的服務器的網路線跟電源都拔掉。還好我神機妙算，事先要我們的工程師透過網路，把服務器上的資料跟程式都移到備援的服務器上了。

接著他們索性造反，不但欠我們的貨款不還了，還設法破解我們的軟體，賣盜版給客戶，然後再找人山寨我們的產品，騙客戶說，那個山寨產品是我們公司的升級版的程式。他們甚至騙某些客戶說，他們才是原廠，而我們這家在台灣的公司一直在盜版他們的程式。

後來我去西安跟某個重要客戶揭穿了他們的謊言，他們覺得很沒面子，乾脆就找了幾個流氓要來打我。還好我人高馬大，那幾個流氓也不敢真正對我動手。

三、

這些年來我一直在想，佛門弟子怎麼會幹出這種事？

一直到二〇一八年八月，我看到了網路上的新聞才恍然大悟，因為當時北京龍泉寺的住持、清華大學工程博士釋學誠涉入多起性侵尼姑的醜聞，被迫辭去中國佛教協會會長的職位。而且據說連龍泉寺都被當局關閉了。

原來是一個妖僧，原來是一座妖寺。

人生中的陷阱

前一陣子我跟朋友聊天，聊起了二〇一〇年左右中國某台商電子廠的跳樓事件。當時該廠的員工們接連跳樓，許多台灣的媒體都說是因為該廠的薪水太低，工作及居住環境太差。但是據我的了解，其實剛好相反，是因為該廠的薪水太高，工作及居住環境太好。

該廠的工作枯燥無味，管理嚴格，員工在心理上承受了很大的壓力，非常不愉快。但是他們又捨不得走，他們捨不得那高出別家工廠一截的薪水，捨不得那個比其他工廠好得多的硬體環境。於是有人一時想不開，就跳樓了。

如果那家工廠的薪資真的很低，工作環境真的很差，那員工辭職一走了之就好，何必自殺呢？

人生中有很多類似的陷阱。許多人的工作枯燥乏味，生活得很不愉快，但是又不願意走，其實就是因為捨不得那份高薪。而有些工作的薪資特別高，並不是因為那份工作很有趣、很具挑戰性，而是因為那份工作特別的枯燥無趣。

人生一旦掉進了那樣的陷阱，就很難逃開。

元宇宙初體驗

一、

有一陣子，「元宇宙」的議題非常夯，但是元宇宙的確切定義是什麼？其實大家的看法都不一樣。而眾多的軟硬體廠商為了賺錢，人人自稱是元宇宙概念股，什麼鬼話都掰得出來。

二、

對於元宇宙，大家比較有共識的，就是認為 Roblox 是元宇宙第一股，而 Roblox 所提供的遊戲真的是元宇宙遊戲。因為玩家在 Roblox 所提供的那些平行世界裡，會有個虛擬的身分，然後可以用不同的面貌、不同的身材、不同的職業過著另一個不同的人生。而且，玩家還可以在那個平行世界裡設計自己的平行世界。

三、

我為了搞清楚元宇宙是什麼，特地在我的 iPhone 下載了 Roblox App。然後謊報了一個年齡，註冊了一個虛假身分，進到了其中的一個平行世界裡。

四、

然後我就被丟包到一個廣場上面。我站在那裡，完全不知道要做什麼，也不知道要如何操縱移動我的分身？

而偏偏那個廣場好像就是那個平行世界的入口，所以不時有人憑空出現在我的身邊。那些人出現之後，一個一個都跑了。想來他們都是那個平行世界裡的資深居民，各自去忙各自的事情了。

五、

我站在廣場上，動彈不得，感到非常的焦慮，非常的無助。偏偏這時候還出現了一個變態，他出現之後就直接騎在我的肩膀上，一直不肯下來。（如下圖）

我想罵他幾句髒話，叫他下來，但是又一時找不到打字或是說話的功能，所以我就更焦慮了。

不過轉念一想，或許他在真實世界中也跟我一樣，也是一個中年大叔或大媽。他也是為了搞清楚元宇宙是什麼，所以才進到了這個平行世界裡。然後他一進來，就剛好騎

一個怪叔叔騎在我的肩膀上。

在我的肩膀上，動彈不得。

我想他老人家一定比我更焦慮吧？

六、

正當我想要放棄的時候，我不經意地找到了移動的方法。於是我終於擺脫了那個騎在我肩膀上的變態，很開心地在街上跑了起來。

當我跑到警察局前面的時候，我也找到了變換髮型的功能。但是很不幸的，我換來換去，卻一直找不到我喜歡的髮型，而且還不小心把我的頭換成了一顆咧嘴而笑的大番茄，一時換不回來。（如下圖）

我變成了一顆咧嘴而笑的大番茄。

七、

我頂著一顆番茄頭，繼續在街上慢跑。我找到了一個購物中心，但是卻進不去，而且反正身上也沒有錢。（如下圖）

然後我在 Roblox App 的介面上看到一個蓋房子的功能。我想說隨便按一下，結果沒想到這次卻異常的順利，我馬上被傳送到了郊外，然後在數秒鐘之內，我的豪宅就蓋好了。

這篇文章的最後一張照片，就是我站在我的元宇宙豪宅前的自拍照。（如左頁上圖）

找到購物中心，但身上沒錢、也進不去。

我在郊區的豪宅。

八、

我的朋友當中，跟我一樣年紀偏大的人應該不少。建議各位不要放棄自己的人生，不要見到新一代的科技就直接放棄。大家趕快進到元宇宙裡，重新去過我們二十歲的屁孩生活吧。

還有，如果你見到一個坐擁豪宅、咧嘴而笑的番茄頭，記得要打個招呼喔。（如果你找得到發話功能的話。）

《魷魚遊戲》觀後感

二〇二一年九月，韓劇《魷魚遊戲》在全球爆紅。我找時間追了一下劇，發覺就如同傳說中的一樣，真是既好看又變態。而這也讓我想起了幾個故事：

一、

二十多年前我在台灣某大印刷電路板廠工作，那時候韓國的三星是我們的客戶之一。而每次我們公司派工程師去三星出差，工程師回來之後就會馬上遞辭呈，屢試不爽。

於是我就問其中一位要辭職的工程師，到底發生了什麼事？

他說：「我到韓國下飛機之後，就被安排住在三星的宿舍裡。隔天早上六點半，三星的人就來按門鈴，帶我去工廠工作。然後一直工作到晚上十一點半，他們才載我回宿舍去洗澡睡覺。然後隔天早上六點半，三星的人就又來按門鈴了。一整個禮拜，每天都是這樣。」

二、

十多年前我去韓國出差，剛好在機場遇到我的大學同學尼克。他台大電機系畢業之後留美，然後在台積電擔任高階主管。

我問尼克：「為什麼最近幾年韓國的電子業這麼猛？我記得我們以前在美國唸書的時候，韓國同學都不怎麼樣啊？印象中，我好像從來沒有遇過比較厲害的韓國同學。」

尼克說：「很簡單啊。在韓國讀電機的人，一輩子基本上只有兩個工作機會，一個是三星，一個是LG。如果進不了三星，或是在三星搞砸了，那就只剩下LG一個工作機會；如果到了LG又搞砸了，那大概就要一輩子失業了。所以在三星跟LG的電機工程師，每個人都非常拚命的工作。」

三、

大約是七、八年前，我遇到另一位大學同學史蒂芬・黃。他在普林斯頓大學讀完博士後，在某大EDA軟體公司工作。

史蒂芬跟我說，三星也是他們的客戶。不久前他去韓國三星拜訪，早上談完事情之後，三星的工程師就帶他去吃午飯。他們吃完午飯之後回到辦公室，那位三星的工程師一坐下來，他們就聽到辦公室的廣播：「歡迎○○○工程師回到工作崗位上！」

於是史蒂芬理解到，原來三星的辦公室裡到處裝了監視器，而且還有人隨時監看每一位員工的工作狀況。

四、

十多年前我們公司在韓國有一家代理商，他們的規模不小，有兩百多人，而且做得很成功。他們把我們的 MyET 英語學習軟體賣到了三星、大宇等韓國的大企業裡。

但是幾年之後，我們那家韓國的代理商卻越做越差，而且還欠了我們一堆錢沒付。我們仔細去了解之後，才知道三星發覺那家代理商的生意不錯，於是就自己成立了一家性質一模一樣的公司，然後開始大規模向我們的代理商挖角。

然後三星成立的新公司跟我們說，他們也打算跟我們合作，代理我們的產品。然後我們就傻傻的自己買機票去韓國跟他們談。

當然，我們很快的就發現，那家三星的子公司也在仿製我們的產品。他們想要取代的，不只是我們的代理商，也包含我們公司。

歡迎來到朝鮮地獄！

流寇與創新者

在台灣的學術界與產業界一直都有那麼一群人，美國的科技界在流行什麼，他們就在說什麼。

一九八〇年代後期人工智慧當紅的時候，他們自稱是人工智慧的專家；一九九〇年代前期物件導向技術在流行的時候，他們自稱是C＋＋語言的狂熱支持者；一九九〇年代後期網際網路興起，他們又是網際網路的權威；二〇〇〇年之後，他們成了社群網路的先驅；而現在，他們滿口物聯網、大數據、電動汽車與雲端技術。

他們總是能侃侃而談，英特爾（Intel）當紅的時候，他們全都是安迪・葛洛夫（Andy Grove）的門徒；微軟當紅的時候，他們說起比爾・蓋茲（Bill Gates）好像跟他很熟的樣子；蘋果（Apple）當紅的時候，他們言必稱史蒂夫・賈伯斯（Steve Jobs）。他們總喜歡依附在一些知名創新者的名下，讓別人誤以為他們也是創新者。

我把這些人稱作「流寇」，因為中國古代的流寇有一種特性，就是哪裡有金銀財寶就往那裡跑，但是官兵來了就一哄而散，只攻不守。

其實，跟在美國的創新者屁股後面做研究不叫創新，只能叫做跟屁蟲、模仿貓。真正的創新者，是當別人還沒有在做人工智慧的時候就在做人工智慧，當別人還沒有在做雲端計算的時候就在研究雲端技術，而現在，他們正在研究一些我們連聽都沒聽過，感覺好像很冷門的題目。

歷史上的流寇成不了大事，建立不了王朝，最後總是難逃被官兵剿滅的命運；產業界的流寇賺得了一些小錢，但無法建立大事業；而學術界的流寇經常能博得媒體的版面，但做不出重要的研究成果，成不了大師，而且最煩人，老是把我們這些不喜歡隨波逐流的人講得像是白癡一樣。

政府給軟體產業的最大幫助

一、

我創業二十多年來，台灣政府給我們的最大幫助是什麼？就是提供了一堆輔導獎勵金，引導我們的潛在競爭對手走向錯誤的道路。

二、

歷任的政府官員都很有心，他們都想要當軟體產業的尹仲容、李國鼎、孫運璿。而就像當年政府輔導台灣的製造業一樣，他們想要藉由提供廠房土地、提供貸款、引進技術、制定標準，最後形成產業鏈。

只可惜軟體業沒什麼產業鏈，也沒有什麼標準，而就算有什麼標準，也輪不到台灣政府來制定，等到美國政府制定了一套標準之後，全世界大概就只剩一兩家美國軟體公司還可以在那個領域活著，而台灣的軟體公司差不多可以準備發遣散費了。

三、

軟體業也不需要土地跟廠房，因為軟體公司最需要的是靈活性，包含短時間內大量僱用或是大量解僱工程師的靈活性，而買了辦公室之後，受限於辦公室的面積，這個靈活性就沒有了。

四、

那低利貸款呢？當年製造業向政府貸款，如果錢還不出來，至少可以把用那些錢買來的廠房跟機器設備還給政府。而軟體產業最大的花費就是工程師的薪水，如果錢還不出來，難道要軟體公司把工程師抵押還給政府？

五、

至於引進技術，我們這一代的創業家已經不是王永慶跟許文龍時代的創業家，我們不是只唸到小學畢業，如果政府比我們產業界還懂技術的話，那我們也該去切腹自殺了。

六、

據我所知，為了爭取政府的輔導金，許多軟體創業家會對政府請來的專家學者言聽計從，百般巴結。但就像電視上的股市名嘴一樣，如果那些學者專家們真的知道什麼穩賺不賠的投資或是創業方法，他們哪裡會那麼好心地告訴我們？知者不言，言者不知。創業一定有風險，投資有賺有賠，申請輔導金之前應詳閱公開說明書。

七、

所以政府究竟可以給我們軟體產業什麼樣的幫忙？當然就是繼續提供各種輔導獎勵金，引導我們的潛在競爭對手走向錯誤的道路啊。

要不然我們繳那麼多的稅金幹什麼？

縮小打擊面

一、

古往今來世界第一鬥爭高手毛澤東曾經說過，推行一項政策的時候，「要擴大教育面，縮小打擊面。」姑且不論毛澤東是好人還是壞人，他推行的政策是對是錯，至少，他連大躍進、文化大革命那樣驚天動地又荒謬不堪的運動都能推得動，他說的話絕對是有一番道理的。

但是在二〇一八年，台灣政府在推動幾項重要政策的時候，都明顯違背了「縮小打擊面」的原則。

二、

同性婚姻的爭議，我看得一頭霧水，但是似乎同性戀者最在乎的不過是兩件事：伴侶之間的財產繼承以及簽署醫療相關文件的權利。而反對同性婚姻的人對這兩件事情似乎也不是很反對。所以如果先針對這兩件事情修改法律的話，事情應該不難解決。

三、

一例一休的爭議，其實政府最初想要保障的就是那些原來沒有週休二日的工廠勞工。如果政府只針對製造業的工廠以及某些特定的服務業立法的話，事情的爭議性應該也不大。但是偏偏政府要訂一個無所不包的勞基法，把所有的行業都包含進去，結果一些原本勞資相處愉快的行業也被惡整得七葷八素、怒氣沖天。

四、

年金改革的爭議，如果政府先將十八趴優存改為十二趴，那即使會有軍公教退休人員反對，反對者應該也是理不直氣不壯的，聲音不會很大。等過了兩年風浪漸歇之後，我們再將十二趴改成八趴，然後再過兩年，我們再將八趴改為四趴，那總共只要花四年，十八趴的問題大概就差不多解決了。但是政府偏偏要召開一個大型的年金改革會議，讓大家吵成一團。

五、

大巨蛋的爭議，如果當初台北市政府花三個月的時間來跟遠雄談判，解決路樹的問題、再花三個月的時間解決樓梯的問題、再花三個月來解決梁柱的問題，一次針對一個問題對遠雄施壓，要求遠雄讓步，那台北大巨蛋應該早已蓋好，準備迎接二〇一九年的職棒開幕賽了。但是台北市政府偏偏要全面開戰，先要遠雄停工，給個下馬威，讓遠雄損失數十億台幣，然後將事情搞得一發不可收拾。

六、

其實「縮小打擊面」的這個道理，不只在政治上如此，在公司治理上面也是如此。有些幹部做起事情來轟轟烈烈，但到了最後卻總是草草收場；而有些幹部做起事情來安安靜靜，好像根本就沒有在做什麼事，但是幾年下來，我們會發現他們其實做了很多事。這其中的差異，就在於「全面開戰」與「縮小打擊面」。

七、

而在軟體工程上面，有所謂的「Separation of Concerns」的設計原則，以及「Divide and Conquer」的演算法，那其實也都是同樣的道理。我們將大問題切成許多小問題，然後一次面對一個小問題，事情就容易解決。

八、

據說甘迺迪在一九六一年剛當選美國總統的時候，也是受到很多激進派支持者的壓力，要求他馬上兌現他在選舉中所做的承諾，去推動一些當時爭議性還很大的立法。但是甘迺迪總統總是很有耐心地去說服那些支持者：他在選舉中的承諾都是他所追尋的目標，但是他沒有辦法在他的第一個任期中完成所有的事，有些事情是必須留到第二個任期才能做的。

九、

但是當然，解決問題並不是所有人的共同目標。台灣的民意代表的主要職責是罵人，不管是罵人或是被罵，都可以提高知名度，而有了知名度就會有選票。所以對他們來說，全面開戰才是王道，解決事情不關他們的事。

而名嘴跟網路意見領袖的職責也是罵人。他們罵的人越多，收視率就越高，名氣就越響，網路上的支持者就會越多。所以對他們來說，全面開戰也是王道，解決事情不關他們的事。

十、

只是蔡英文總統、林全院長，以及柯文哲市長究竟在想什麼？他們為什麼會選擇全面開戰？既不出來發表演說「擴大教育面」，也不會「縮小打擊面」？這我就不知道了。

危機的處理方式

身為一家企業的負責人，或是一個政府部門的主管，就必須為隨時可能發生的事故或危機做好準備。而一般來說，遇到危機或是重大事故，我們必須依照下列的順序處理：

1、先控制住自己的情緒，同時也穩住眾人的情緒，不要過度悲觀，也不要隨便罵人；

2、想盡辦法搜集訊息，了解狀況，因為事實往往跟我們一開始想的不一樣；

3、列出各種可能的處理方案，進行客觀而科學的比較；

4、選出最佳處理方案，盡快進行；

5、先不要討論懲處，把事情處理好再說；

6、追著媒體跑，不要被媒體追著跑，告訴大家，我們知道什麼？不知道什麼？正在搜集哪些資訊？正在進行什麼工作；

7、事後的檢討，著重在系統制度的改善，防止同樣的問題再度發生，而不是對個人的處罰。

當然，以上所說的，是企業負責人跟政府主管處理危機的方法。而身為一個網民，做法當然不能一樣，甚至剛好相反：

1、先發洩自己的情緒，找一個合適的對象罵，因為大部分人上網的目的，就是來看我們吵架的；

2、在訊息未明之前，要搶先發言，要勇敢做猜測，因為在這個階段，大家最喜歡轉貼一些大膽的猜測；

3、如果能不談解決方案就不要談，免得說錯了，到時候要負責；

4、如果非要談解決方案不可，那最多就只講一種，免得模糊了焦點，讓讀者失去耐心；

5、先討論懲處，因為在事發的當下，眾網民都期待著風向的形成，在這個時機點討論懲處，點讚數最高；

6、記得在發言的末尾說，自己只是純猜測而已，我們並不知道事情的真相。因為這樣說，就能免去責任；

7、事件發生之後一個月，千萬不要浪費時間回來炒冷飯，舊事重提。更不要去討論系統制度的問題，因為沒有人會有耐心看這些的。

在一個進步而健康的社會裡，政府官員跟網民們都要各司其職，各自用最佳的方式面對危機，生活才會精采豐富。像我這樣身為網民，不去專心罵人，卻在這邊思考政府官員們要怎麼做，本身就是一個最不好的示範。

販售仿冒軟體的方法

大約一個月之前，我們公司接到廣東一家代理商的訊息，說當地有一家公司仿冒我們公司的 MyET 產品，在外面招搖撞騙。因此，那家代理商要求我們出具證明，向客戶說明他們賣的是正品的 MyET 軟體。

幾個禮拜之後我們發現，原來那家製作仿冒 MyET 軟體的公司不是別人，就是我們在廣東的那家代理商自己，他們做了一個叫做「MET」的山寨軟體。

很顯然的，是有客戶質疑他們賣的不是正品的 MyET，所以他們就騙我們出具了書面證明，證明他們賣的是正品的 MyET。

這種事情我們已經遇過很多次，所以也只能處之淡然，當作是人家在向我們致敬。

西安驚魂記

二〇一五年十一月，我跟我們公司的陝西代理商一起拜訪西安理工大學的圖書館館長。會談之後，我跟代理商一走出圖書館，就被四個小混混圍住。四個小混混想把代理商押走，還好在一陣拉扯之後，我跟代理商逃回了圖書館，而在報警之後，我們也在警察的護送之下平安的離開。

這件事情的起因，在於我們公司的 MyET 軟體在陝西原先有一個代理商，他們在二〇一五年三月代理權到期之後，並沒有找我們續約，反而一方面山寨（抄襲仿製）我們的 MyET 軟體，到處兜售。另一方面，還用 Photoshop 修改了我們公司的 MyET 軟件著作權登記證及代理權授權書，騙我們的客戶說他們才是 MyET 的原始作者。

於是我們找了一家新的代理商，同時由我親自出面到陝西拜訪各家大學，向客戶們介紹我們新的代理商。

舊的代理商聞風而至，在館長的辦公室裡堅稱 MyET 是他們公司的產品。於是我從公事包裡拿出了 MyET 的商標登記證、專利證書、軟件著作權登記證書，以及我們原先跟舊有代理商所簽訂的、已經到期的銷售代理協議，讓舊有的那個代理商啞口無言。

在過程中，舊有的那個代理商曾經拿出手機拍下我跟新代理商的照片，我不疑有他，還大方的跟他揮揮手。沒想到談完一走出圖書館，就被四個小混混圍住。

小混混圍住我們的時候，我不敢拿出手機拍他們，免得手機被搶被砸。一直等到他們走了之後，我才敢跟警車合照。

這件事情告訴我們兩件事情：

1、有人說，兩岸的中國人是「打斷骨頭連著筋」的關係。這句話真的沒有錯，我們台商在中國大陸做生意要很小心，否則就會被打斷骨頭連著筋。

2、之前網路上流傳著一個中國大陸「滴滴打人App」的廣告短片，號稱透過手機就可以隨時叫打手來打人。我一直以為是搞笑，原來真有其事。

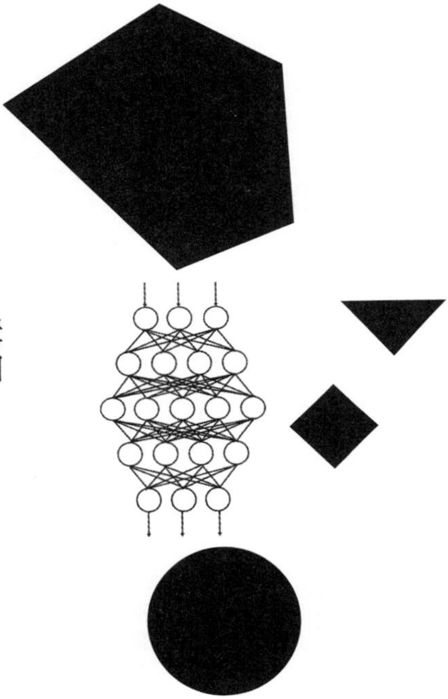

輯四

站衛兵的方法

吵架妙方

一九八七年的時候，我曾經在台中十軍團砲兵指揮部擔任少尉人事官。當時我們的副指揮官是一位李中校，他非常喜歡罵人，經常把我們這些軍官們叫去榕樹下罰站，一罵就是三、四十分鐘，罵得面紅耳赤，也搞得我們筋疲力盡。而每當他罵到快沒力，罵聲漸歇的時候，我們單位裡的一位上尉跟另一位中尉就會出來頂他兩句。然後中校副指揮官就又開始生氣，又繼續罵。

有一次我們被罵完之後，我跟那兩位上尉跟中尉抱怨說：「剛剛副指揮官都快罵完了，都快放我們走了，怎麼你們又去頂他？害得我們繼續被罵？」

結果他們兩人跟我說：「你不知道喔？我們的副指揮官有嚴重的高

血壓，我們就是想知道，他一次究竟可以罵多久？會不會罵到一半中風死掉？」

我覺得很好笑，但是也覺得他們兩人實在太壞了。

人生在世，不管是在網路上還是在現實生活中，總是會遇到一些很喜歡罵人的傢伙，一開罵就罵個沒完沒了。唉，沒辦法，有時候遇到那樣的傢伙，也只好使出這個江湖上最惡毒的絕招出來。

站衛兵的方法

我的父親在二戰期間是大日本帝國在台灣的學徒兵。據他說，他們當時很窮，整個排就只有兩支手錶，一支戴在日本人排長的手上，另一支則是讓台灣學徒兵們在晚上站衛兵的時候輪流戴。

每個學徒兵在晚上站衛兵的時候，閒閒沒事幹，都會偷偷的把手錶調快幾分鐘，然後提早叫下一個人起床來站哨。

剛開始，站最後一班衛兵的學徒兵站了一個小時之後，看看自己手上的手錶，以為時間到了，就去叫日本人排長起床。

結果排長起床之後，看了一下他自己的手錶，發覺距離起床的時間還很久，非常的生氣，於是就把那個叫他起床的最後一班衛兵痛打了一頓。

台灣學徒兵們學了個乖。從此之後，站最後一班衛兵的人都很認命，在叫排長起床之前，一定要先去檢查一下排長手上的手錶，確定時間是不是到了，免得又被揍。

也因此，最後一班的衛兵，站哨的時間通常都會特別長。

二次大戰結束之後，我的父親到廣州中山大學讀書。有一次，他講了上述的這個故事給他的同學們聽，同學們聽了都哈哈大笑。

座中有一位同學接著說，在二戰期間，他剛好也在中國的軍隊裡當兵。而他們更窮，整個部隊裡連一支手錶都沒有，所以每個人晚上在上哨的時候，就點上長長的一炷香。每個衛兵都必須站滿一炷香的時間。

然後每個人在站衛兵的時候，閒閒沒事幹，就「呼、呼、呼」地拚命的對著那柱香吹氣，希望香能燒得快一點。

跳傘的方法

有一陣子，台灣的前陸軍副總司令劉湘濱將軍經常出現在媒體上面，針砭時事。而每次看到他，就讓我想起許多的往事。

一九八八年我在陸總部資訊中心當兵的時候，劉先生是我們單位的上校副主任，他對我們這些少尉預官十分照顧，常常講一些故事給我們聽。

他說，他在晉升上校之前，依規定去受了幾個月的跳傘訓練，而據他所知，全世界的傘兵在第一次跳傘的時候，當機艙門打開，一定會有人賴在門口死也不敢往下跳。而就只有中華民國的傘兵沒有這種問題，因為當時中華民國傘兵用的是老舊的 C119 運輸機，一起飛就轟隆隆的一直響、一直震動，好像隨時要解體一樣，所以當機艙門一打開，所有的人都會迫不及待、義無反顧的往外跳。

劉將軍還跟我們說，跳傘是很危險的。萬一傘沒有打開，人直接掉到了田裡，那就會骨頭斷光光，就算筋還連著，也分不清哪些是骨頭？哪些是肉？哪些是田裡的泥巴？老一輩的傘兵都把那個叫做「番茄炒蛋」，他們也只能找個棺材，用鏟子把那一坨紅紅黃黃的東西全部鏟進去。

說完這些故事，劉先生還很貼心的點了一盤番茄炒蛋給我們這些預官吃。

偷東西的五種方法

我是一九六五年出生的。我們這個世代的台灣男生都要服兩年兵役。對我們來說，那兩年是一段十分痛苦的時光，但也是一段非常有趣的經歷。因為在那段時間，我們會做一些我們之前從來沒有做過，之後也不會再做的事情。

譬如說，偷東西。

一、

一九八七年左右，台大資工系畢業的沙學長在屏東某海軍陸戰隊基地當排長。有一天，連長要他負責一個小工程，他問連長有多少的經費？連長說：「哪有什麼經費？你自己想辦法！」

沙排長一時不知如何是好，在請教幾位資深排長之後，他帶了一群士兵，開了一輛卡車出去，看到路邊工地有磚塊，就下車偷搬磚塊，有沙子，就下車偷鏟沙子，後來果然順利完成了任務。

沙學長後來到美國讀了博士，歷任美國及中國各知名大學的教授。當初我忘了問他，他們的水泥是哪裡來的？難道路邊也會有？

二、

一九八八年我在陸軍總部當兵，跟陸軍通信署的A上尉成了好朋友。A上尉跟我說，他剛下部隊的時候，在陸軍通信學校當排長。他手下的班長跟他抱怨說，連上淋浴間的蓮蓬頭不見了好幾個，他們懷疑是被隔壁連偷走了。

於是A排長跑去向C連長報告，要求給經費去買一些蓮蓬頭回來裝。結果C連長把A排長罵了一頓，說他們連上沒有經費，要A排長自己想辦法。

A排長想了一陣子，決定派他手下的幾個班長去隔壁連把蓮蓬頭偷回來。但是不久之後，那些偷回來的蓮蓬頭又被隔壁連偷走了。雙方偷來偷去，互有勝負。

後來C連長終於生氣了。他趁自己在當營值星官的時候，把全營的人叫到操場上集合訓話，調虎離山，同時派A排長帶人到隔壁連將所有的蓮蓬頭搜刮回來。

A排長跟C連長大獲全勝。

三、

A排長連上的燈泡壞了不少，這次他學乖了，不再去跟C連長要錢買燈泡。他帶了兩個士官在深夜坐上一輛吉普車，開到學校附近新開發完成的工業區裡。那個新工業區的路已經鋪好了，路燈也裝好了，但是還沒有廠家進駐，空空蕩蕩的。

而A排長手下的那兩位士官是有線通信課程的專業助教，身懷絕技。他們可以在不到四秒鐘的時間裡上下一條電線桿，據說是當時陸軍通信學校裡的爬電線桿紀錄保持人。

於是A排長的吉普車在深夜裡開著遠光燈在新工業區裡緩緩的前進，兩位士官跟在後面上下電線桿，他們所經過之處，一盞一盞的路燈依序熄滅。

四、

當時國軍的參謀總長是郝柏村，郝總長下令，要在國軍所有的營區周圍種九重葛，一方面比較美觀，另一方面九重葛的刺還可以阻絕他人進入營區。

於是一時之間，國軍的所有部隊都把種九重葛當成要務。甚至規定阿兵哥尿尿的時候不能到廁所裡尿，而是要走到圍牆旁邊，尿到那些九重葛上，當作肥料。

A排長對園藝沒有研究，因此他的九重葛怎麼種都種不好，十分的苦惱。就在這個時候，他接獲線報，說中壢市的公園有一大片九重葛，於是他就在午夜時分帶了一群阿兵哥坐了卡車到中壢市公園。

沒想到他們到了之後，卻發現另外一個部隊也有一個排長帶了一卡車的阿兵哥來。雙方劍拔弩張，眼見就要打起來了。還好，雙方的排長都是明理人，談判之後，兩位排長在一片九重葛中間畫了一條分割線，雙方各自鏟了一半的九重葛回自己的營區。

隔天報紙的地方新聞版出現了一則小新聞，說中壢市公園裡的九重葛在一夜之間不翼而飛，地方人士引為怪談。

五、

我剛下部隊的時候，在台中陸軍某砲兵部隊當少尉，那個營區相當大，裡面有三個砲兵營。某一天我陪我們的上校指揮官巡視營區，一路逛到了油庫。指揮官發現油庫裡有三個衛兵站哨，但是其中兩個衛兵居然沒有帶槍。指揮官很生氣，於是就開始罵人。

罵了一陣子之後，終於有一位上尉勇敢地站出來說明。他解釋說，油料庫裡面有三個油槽，分屬於三個砲兵營，但其實只需要一名衛兵帶槍看守，所以原本的規劃，就是由三個砲兵營輪流拍衛兵看守。而我們看到的那位帶槍的衛兵，就是輪值的砲兵營派來的。

而另外的那兩位沒帶槍的阿兵哥其實不是衛兵，而是另外兩個營擔心他們的油料被站衛兵的那個營偷走，所以各自派來看守那個帶槍衛兵的。

指揮官聽了之後更生氣了，罵不絕口，但是他也想不出其他的辦法。

六、

記得沙學長跟我說他偷沙子的故事時，正是一九八七年我要入伍當兵的前夕。沙學長一邊苦笑一邊跟我說，由於台灣的國軍有著「偷東西」的傳統，所以台灣軍營附近的民眾，大多對國軍的印象很不好。

這麼多年過去了，台灣的國防經費已經大幅提高。希望這些好笑的偷東西傳統到我們這一代為止，不要再流傳下去了。

徵兵、募兵與榮譽感

一、

台灣募兵不順，很大的問題在於當兵的人沒有榮譽感。而當兵的人沒有榮譽感，很大的原因又是源於國軍過往的「拉伕」文化，也就是一種在路上看到身體好的人就抓過來當兵，而身體越好的士兵就越是用力操他、越是折磨他的一種文化。

二、

在我們那個年代，身體最好的人要當三年兵，要去當海軍陸戰隊跟傘兵，接受各種嚴格的虐待；身體次好的人要當兩年兵，去當野戰部隊；而身體更不好的人就直接不用當兵。

因此，大家就想辦法裝病，逃避兵役。體格很好的人想辦法裝作體格不好，避免被抓去當三年的陸戰隊跟傘兵；身體正常的人想辦法裝作身體有缺陷，想辦法弄個免役資格。而如果真的不得已被抓去當兵，那就想辦法去混個涼缺，躲在辦公室裡吹冷氣，不要出操曬太陽。

三、

因此，如果我是國防部長，我就會先恢復徵兵制，然後反其道而行，規定只有體格最好的役男才能申請加入海軍陸戰隊跟傘兵，役期九個月；體格次好的可以申請去當野戰部隊，役期十二個月；體格再其次的去部隊坐辦公室，役期十八個月；而體格最差的只能做替代役，役期二十四個月。

如此規定之後，自然會有些體格很好的人，為了縮短役期而想辦法去加入海陸跟傘兵；身體正常的人，也會為了縮短役期而想辦法加入野戰部隊；只有那些身體真正不好的人，或是缺乏膽量、很怕被操的年輕人，才會想去坐辦公室或是當替代役，忍耐漫長的役期。

四、

然後，所有的海陸官兵跟傘兵走在路上都會有風，因為大家都知道他們的身體最好，因為大家知道他們是一群不怕被操的人，因為大家都會知道，想當海軍陸戰隊跟傘兵的人很多，但並不是人人都有資格加入。

然後，海陸官兵跟傘兵沒事都會故意穿制服走在路上，女生會排隊等著跟他們約會；而做替代役的只能坐在角落，暗自哭泣。

五、

這樣的制度實施個二十年，讓台灣的社會觀念發生改變，覺得當海陸或傘兵是很光榮的一件事情之後，那時候再來辦募兵制，也許就會順利多了。

交作業得高分的方法

一、

二十多年前我在美國布朗大學的計算機科學系讀博士班時，修了一門湯馬西亞教授（Prof. Roberto Tamassia）的計算圖學課。湯馬西亞教授很有名，是那個領域的權威。到了期末，他要我們能每個人寫一個程式作為期末報告，但是由於每個人選的題目不一樣，所以也就沒有一個固定的評分標準。

二、

有幾個同學在寒假來臨前，早早就完成了他們的程式，跑去演示給湯馬西亞教授看。其中有些人的程式寫得很好、有些人的程式寫得很陽春，但是不管學生的程式寫得好不好，湯馬西亞教授總是會給一些建議，然後要那些同學在寒假時留下來，繼續改善他們的程式，改完再補交給他。

三、

當時我挑選的題目是Voronoi Diagram，那應該是所有題目裡面最難的，而且我也很有信心，相信我寫的程式應該是全班最好的。但是我看那樣不是辦法，因此心生一計，我把我程式中約二十％的重要部位拿掉，然後再去演示給湯馬西亞教授看。

果然他看了之後，給了我不少建議，而他建議的部分也都是我預先拿掉的部分。最後他說我做得很好，但是希望我寒假時留下來，繼續改善那個程式，然後再補交給他。

四、

我從善如流的接受了湯馬西亞教授的指導，向他道謝之後，第二天就跟同學跑到新英格蘭北方的新罕布什爾州（New Hampshire）的白山（White Mountains）滑雪，鬼混了一個禮拜。

我滑雪回來之後，將我的程式剩下的二十%加回去，然後再去找湯馬西亞教授演示。他看完之後大為讚賞，當場就給了我一個A^+。

五、

聰明的朋友們應該可以從這個故事裡領悟到不少道理。業務人員對付難纏的客戶、員工對付難纏的老闆、老闆對付難纏的員工、老公對付難纏的老婆、政治人物對付難纏的選民，都可以用到這個招數。

而前一陣子我讀了一本關於美國前總統川普的談判術的書籍，裡面也花了很大的篇幅在講這個道理。

準備博士論文口試的方法

二十多年前我在布朗大學讀博士的時候，我跟系上的教授們混得相當熟，每當他們在茶水間裡喝咖啡的時候遇到我，總是會問我最近怎麼樣？而我總是會跟他們說，我最近做研究遇到了什麼瓶頸，而正在苦思不得其解等等。

當時有一位同樣來自台灣的H學長也在讀博士班，他比我大三屆，他偶然聽到了我跟某教授之間的對答，趕緊找了個機會私下跟我說：「學弟，你這樣是不行的。系上的教授當中，除了你自己的指導教授之外，其實沒有人知道你在做什麼，也沒有人知道你研究做得好不好。但是將來這些教授都會出席你的博士論文口試，如果你平常給他們的印象就是你不太行，那他們在你口試的時候，就會擔心你的研究領域跟他們有重疊，如果他們沒有問你幾個尖銳的問題的話，會被其他的教授們瞧不起；反之，如果你平常給他們的印象就是你很厲害，那他們就會擔心，如果他們問你的問題太笨，會被你和其他的教授們笑。」

我聽了之後恍然大悟，嚇出了一身冷汗。因為我有一位同門師兄，就是在口試的時候被教授們問了許多尖銳的問題，而他回答得不好，差點就拿不到博士學位。

於是在接下來的兩年多裡，我努力布局，每當其他的教授在茶水間裡問我近來如何的時候，我總是很正面地跟他們說，我最近做出了什麼重要的成果、發表了什麼論文、得了什麼獎學金。而在論文口試的前三個月，我更是有意無意的告訴他們，我已經拿到了 IBM、DEC、Siemens、Sun Micro 等大公司的研究中心的工作機會（job offers），問他們到哪裡工作比較好？而其實我是在暗示他們，如果他們將來要找這些大公司爭取研究經費的話，可以找我。

到了我博士論文口試的那一天，我報告完之後，果然就有教授提出了問題，而我聽完之後，馬上露出了一個自信又詭異的微笑，只差沒有像韋小寶一樣仰天大笑三聲。然後我接著說：「That's a very good question!」那句話如果真的要翻譯成中文的話，大概就是《三國演義》中趙子龍常說的：「我奉軍師將令，在此等候多時了！」我接著拿出事先就準備好的投影片，那位教授問的問題赫然就在投影片上面，我很輕鬆的回答了那個問題。

當然，在場的教授們都是美國人跟歐洲人，他們都沒有讀過《三國演義》，但是他們還是被我的氣勢及詭異的微笑震懾住了，所以他們問的問題越來越客氣、越來越友善。到了最後，在場就只剩下一位以色列來的女博士生不知好歹的嘰嘰呱呱的問個不停，後來是我的指導教授看不下去，主動幫我出嘴解決了她。

然後我就通過了口試，取得了我的博士學位。

世間之事，道理大多相通。聰明的朋友們，應該可以在這個故事裡面悟出許多人生的大道理。

文言文與翻花繩

一、

我熱愛中國古文，文言文程度應該算是相當好的。一九八九年我去美國布朗大學讀博士的時候，隨身帶了一套《史記》跟一套《聊齋誌異》。我每天晚上如果睡不著，就翻看那兩套書，也不知重複看了多少次？後來我看膩了，就跑到布朗大學的圖書館裡，借了更多的中國古書回家看。

後來有一次，一對學長、學姊夫婦到我家做客，學長當時在耶魯大學讀政治學博士，學姊在布朗大學讀歷史博士。他們看到我家的馬桶水箱上面擺了一本《史記》，而枕頭旁邊又放了一本《戰國策》，當下大驚。學長說，他從來還沒見過有人能把原文的《戰國策》拿來當故事書看的。

我跟他們說：「其實這沒有什麼好奇怪的。你們兩位唸的是文史方面的博士學位，所以對你們來說，《史記》跟《戰國策》這類的書籍都是課本，讀課本的時候必須很認真，每一句都必須懂，所以你們讀起來很累；而我唸的是科學方面的博士學位，所以對我來說，《史記》跟《戰國策》都是課外書，我想讀就讀，不想讀就可以不讀，遇到看不懂的地方就乾脆跳過去，所以我讀起來津津有味。」

其實這是人們的普遍心理：如果一件事情是老師規定要做的，非做不可，那做起來就索然乏味；而如果一件事情是可做可不做的，那做起來反而輕鬆自在，趣味無窮。

二、

在《哆啦A夢》的漫畫裡有一個故事，大雄樣樣不如人，但是有一樣特殊技能很厲害，那就是翻花繩（綾取り）。大雄覺得很委屈，覺得都沒有人欣賞他的這項技能，所以就向哆啦A夢借了道具「假設電話亭」（もしもボックス），進入到另一個平行世界。在那個世界裡，翻花繩是非常受歡迎的運動，學校的入學考試要考翻花繩，而且電視上還會轉播職業翻花繩大賽。

大雄在那個世界裡如魚得水，不但受到所有人的重視，而且他還開了一個「大雄流翻花繩學校」，自任本家，然後再透過別的哆啦A夢道具，逼著胖虎、靜香、小夫等人跪在他的面前跟他學翻花繩。

這是人類的另一個心理：如果自己擅長什麼技能，就會希望全世界都重視這個技能，甚至想逼著所有人都來學這個技能。

三、

我在一九八三年進入台大資訊工程系就讀。那時候台大那些國學素養很好的大老們，覺得他們所擅長的國文、中國通史、國父思想很重要，所以就列為全校大一的必修課；而出國留學過的教授們又覺得英文很重要，所以也將英文跟英語聽講實習列為必修課；但是當時資訊系隸屬於工學院，所以工學院的大老們又覺得他們所擅長的微積分、物理、化學、物理實驗、化學實驗、工程圖學也很重要，也都必須列為我們工學院大一的必修課；最後，既然我們讀的是資訊系，所以計算機概論也是必修課。

於是在我讀大一的時候，一個學期必須修二十七個學分的必修課。事實上，那已經超過了當時教育部所規定的，一個學期二十五個學分的上限，後來還是工學院院長去幫我們「爭取」，教育部法外開恩，才讓我們能享受那樣的待遇。而為了那二十七個必修學分，我們每個禮拜必須上四十三個小時的課，比我讀建中的時候還多了一個小時。

所以結果呢？我有沒有因此就愛上了國文、國父思想、中國通史、英文、英聽、物理、化學、微積分、工程圖學？當然沒有，我大一的時候都在蹺課，成績搞得一塌糊塗。我當時都在打棒球、打籃球、打網球、打橄欖球、打排球、彈吉他，因為那些通通不是必修課。

四、

最後我們還是要套幾句文言文作為結尾：

「吾生也有涯，而知也無涯。以有涯隨無涯，殆而已矣。」（我的生命是有限的，而知識是無限的。要我用有限的生命來追尋無限的知識，真的會把我搞死！）

子曰：「知之者不如好之者，好之者不如樂之者。」（知道一門學問的人不如喜好這門學問的人，喜好這門學問的人不如以這門學問為樂的人。）

所以，如果真的要推廣文言文跟翻花繩，把它們列為選修或是課外讀物就好了，有興趣的人自然會去學。實在沒必要把這些學問列為必修，然後加重分量，逼得大家都去痛恨這兩個科目。

孔院士給我的啟示

幾年前在網路上看到中研院孔祥重院士擔任人工智慧學校校長，發表講話的新聞。那則新聞讓我想起了一段將近三十年前的往事。

一九八九年，我到美國布朗大學攻讀電腦科學博士，剛開始的那兩年，我修的每一門課都拿到A或是A^+的成績，而在博士班資格考試的筆試部分，我也是一次就考過了，這在博士班學生當中也不常見，我應該算是個挺厲害的學生了。

但是每當我做簡報或是提出研究計畫的時候，卻被我們系上的教授們嫌到臭頭，他們說我的英語表達能力太差，而我精心準備的笑話，他們也都不覺得好笑。系主任甚至警告我，如果我不想辦法改進我的英語口說能力的話，我可能會被博士班退學。

而就在我最沮喪、最無助的時候，哈佛大學的孔祥重教授來我們系上演講。當時我早就久聞孔教授的大名，而我們又都同樣來自台灣，所以當然也去聽了那場演講。

結果我發覺，孔教授的英語似乎也不是特別的流利，但是不管他說什麼，我們系上的美國教授們都會不斷地點頭稱是，沒有人敢嫌他的英語說得不好。而且，孔教授說了不少笑話，那些笑話我都覺得不好笑，但是我們系上的教授們也都笑得很開心。

所以我當場就悟出了一個大道理：如果一個人的實力夠強，那他的英語口語表達能力不用很好；而如果他已經是江湖上的成名人物，那不管他講的笑話好不好笑，聽眾們也都會笑。

至於我們這種江湖上的無名小卒，還是要認命一點，花個幾年，乖乖地把英語口說能力練好吧。

INK PUBLISHING
文學叢書 695

流寇與創新者
——林宜敬的怪奇求學與創業生涯

作　　者　林宜敬
總 編 輯　初安民
責任編輯　宋敏菁
美術編輯　陳淑美
校　　對　吳美滿　林宜敬　宋敏菁

發 行 人　張書銘
出　　版　INK 印刻文學生活雜誌出版股份有限公司
新北市中和區建一路249號8樓
電話：02-22281626
傳真：02-22281598
e-mail：ink.book@msa.hinet.net
網　　址　舒讀網www.inksudu.com.tw

法律顧問　巨鼎博達法律事務所
施竣中律師
總 代 理　成陽出版股份有限公司
電話：03-3589000（代表號）
傳真：03-3556521
郵政劃撥　19785090 印刻文學生活雜誌出版股份有限公司
印　　刷　海王印刷事業股份有限公司

港澳總經銷　泛華發行代理有限公司
地　　址　香港新界將軍澳工業邨駿昌街7號2樓
電　　話　852-2798-2220
傳　　真　852-2796-5471
網　　址　www.gccd.com.hk

出版日期　2022年 11 月 初版
ISBN　978-986-387-621-2
定價　360元

國家圖書館出版品預行編目(CIP)資料

流寇與創新者——林宜敬的怪奇求學與創業生涯／林宜敬 著.
--初版. --新北市中和區：INK印刻文學，2022. 11
面； 14.8 × 21公分. --（文學叢書；695）
ISBN 978-986-387-621-2 (平裝)

863.55　111017493

舒讀網

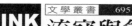